Die heilige Nacht

W0040332

Das Buch

In ihren Geschichten zur heiligen Nacht beschwört die große schwedische Erzählerin und Nobelpreisträgerin Selma Lagerlöf längst vergangene Welten wieder hinauf: Die Geschichte von der Geburt Jesu etwa, wie sie einst die Großmutter erzählt hatte, beschäftigte die damals fünfjährige Selma Lagerlöf nachhaltig. An die einprägsame Schilderung erinnert sich die Autorin noch vierzig Jahre später, als sie unter dem Eindruck einer Reise nach Palästina die dort gehörten Legenden aufzuzeichnen und mit dichterischer Phantasie auszuschmücken begann. Die hier vorliegenden Prosastücke zählen zu den schönsten Weihnachtserzählungen der Weltliteratur ...

Die Autorin

Selma Lagerlöf (1858–1940) erhielt 1909 den Nobelpreis für Literatur und wurde 1914 als erste Frau Mitglied der Schwedischen Akademie. Ihren Weltruhm verdankt sie zahlreichen Romanen und Erzählungen, in denen sie ihre schwedische Heimat und ergreifende menschliche Schicksale thematisiert. In Deutschland wurde sie vor allem durch die *Wunderbare Reise des kleinen Nils Holgersson mit den Wildgänsen* bekannt.

In unserem Hause sind von Selma Lagerlöf bereits erschienen:
Christuslegenden
Jerusalem

Selma Lagerlöf

Die heilige Nacht

Aus dem Schwedischen von
Marie Franzos

List Taschenbuch

List Taschenbücher erscheinen im Ullstein Taschenbuchverlag,
einem Unternehmen der Econ Ullstein List Verlag
GmbH & Co. KG, München
1. Auflage 2001
© 1948 der deutschsprachigen Ausgabe:
Nymphenburger Verlagshandlung, München
Übersetzung: Marie Franzos
Umschlagkonzept: HildenDesign, München – Stefan Hilden
Umschlaggestaltung: HildenDesign, München – Marte Kessling
Titelabbildung: *Die Anbetung der Hirten*, Matthias Stomer,
Sammlungen des Fürsten von Lichtenstein, Schloss Vaduz.
Engel, TWC 61894 Cherubs, from The Adoration of the Shepherds
(detail of 61893), Philippe de Chamaigne (1602–74),
Wallace Collection, London, UK / Bridgeman Art Library
Druck und Bindearbeiten: Clausen & Bosse, Leck
Printed in Germany
ISBN 3-548-60141-3

Inhalt

Ein Weihnachtsgast

Einer von denen, die das Kavaliersleben auf Ekeby genossen hatten, war der kleiner Ruster, der Noten transponieren und Flöte spielen konnte. Er war niedriger Herkunft und arm, ohne Heim und ohne Familie. Als die Schar der Kavaliere sich zerstreute, brachen schwere Zeiten für ihn an.

Nun hatte er kein Pferd und keinen Wagen mehr, keinen Pelz und keine rotgestrichene Proviantkiste. Er mußte zu Fuß von Gehöft zu Gehöft ziehen und trug seine Habseligkeiten in ein blaukariertes Taschentuch eingebunden. Den Rock. knöpfte er bis zum Kinn hinauf zu, so daß niemand sehen konnte, wie es um das Hemd und die Weste bestellt war, und in dessen weiten Taschen verwahrte er seine kostbarsten Besitztümer: die auseinandergeschraubte Flöte, die flache Schnapsflasche und die Notenfeder.

Sein Beruf war, Noten abzuschreiben, und wenn alles gewesen wäre wie in alten Zeiten, so hätte es ihm nicht an Arbeit gefehlt. Aber mit jedem Jahr, das verging, wurde die Musik oben in Värmland weniger gepflegt. Einstweilen wurde er noch als alter Freund auf den Herrenhöfen aufgenommen, aber man jammerte, wenn er kam, und freute sich, wenn er ging. Er roch nach Branntwein, und sobald er ein paar Schnäpse oder einen Toddy bekommen hatte, wurde er wirr und erzählte unerquickliche Geschichten. Er war die Geißel der gastfreien Gutshöfe.

Einmal kam er um die Weihnachtszeit nach Löfdala, wo Liljekrona, der große Violinspieler, daheim war. Liljekrona war auch einer der Ekebykavaliere gewesen, aber nach dem Tode der Majorin zog er auf sein prächtiges Gut Löfdala und blieb dort. Nun kam Ruster in den Tagen vor dem Weihnachtsabend zu ihm, störte die Festvorbereitungen und verlangte Arbeit. Liljekrona gab ihm einige Noten abzuschreiben, um ihn zu beschäftigen.

»Du hättest ihn lieber gleich fortschicken sollen«, sagte seine Frau, »jetzt wird er das so in die Länge ziehen, daß wir ihn über den Heiligen Abend hierbehalten müssen.«

»Irgendwo muß er doch sein«, sagte Liljekrona. Und er bewirtete Ruster mit Toddy und Branntwein, leistete ihm Gesellschaft und sprach die ganze Ekebyer Zeit noch einmal mit ihm durch. Aber er war verstimmt und seiner überdrüssig, er wie alle die andern, obgleich er es nicht merken lassen wollte, denn alte Freundschaft und Gastlichkeit waren ihm heilig. Aber in Liljekronas Haus hatten sie sich nun drei Wochen lang für das Weihnachtsfest gerüstet. Sie hatten in Unbehagen und Hast gelebt, sich die Augen bei Talglichtern und Kienspänen verdorben, im Schuppen beim Fleischeinsalzen und im Bräuhaus beim Bierbrauen gefroren. Doch die Hausfrau wie die Dienstleute hatten sich allem ohne Murren unterzogen.

Wenn alle Verrichtungen beendet waren und der Heilige Abend anbrach, dann würde ein großer Zauber sie gefangen nehmen. Am Weihnachtsfest würde ihnen Scherz und Spaß, Reim und Fröhlichkeit ohne alle Mühe über die Lippen kommen. Alle würden sich mit Lust im Tanze drehen, und aus den dunklen Winkeln der Erinnerung würden die Worte und Melodien der Tanzspiele auftauchen, obgleich man gar nicht glauben konnte, daß sie noch immer da waren. Und dann würden sie alle so gut sein, so gut!

Aber als nun Ruster kam, fand der ganze Haushalt von

Löfdala, daß Weihnachten verdorben war. Die Hausfrau und die älteren Kinder und treuen Diener waren alle derselben Meinung. Ruster versetzte alle in lähmende Angst. Sie fürchteten überdies, daß, wenn er und Liljekrona anfingen, sich in den alten Erinnerungen zu ergehen, das Künstlerblut in dem großen Violinspieler aufflammen würde und sein Heim ihn verlieren mußte. Einst hatte es ihn nie lange daheim gelitten.

Es läßt sich nicht beschreiben, wie sie jetzt auf dem Hofe den Hausherrn liebten, seitdem er ein paar Jahre bei ihnen geblieben war. Und was hatte er zu geben, besonders an Weihnachten! Er hatte seinen Platz nicht auf irgendeinem Sofa oder Schaukelstuhl, sondern auf einer hohen, schmalen, glattgescheuerten Holzbank in der Kaminecke. Wenn er dort saß, dann zog er auf Abenteuer aus. Er fuhr rings um die Erde, er stieg zu den Sternen und noch höher empor. Er spielte und sprach abwechselnd, und alle Hausleute versammelten sich um ihn und hörten zu. Das ganze Leben wurde glanzvoll und schön, wenn der Reichtum dieser einzigen Seele es überstrahlte.

Darum liebten sie ihn, so wie sie das Weihnachtsfest, die Freude, die Frühlingssonne liebten. Und als nun der kleine Ruster kam, war ihr Weihnachtsfriede zerstört. Sie hatten vergeblich gearbeitet, wenn dieser kam und den Herrn des Hauses fortlockte. Es war ungerecht, daß dieser Säufer am Weihnachtstische eines frommen Hauses sitzen und alle Weihnachtsfreude stören sollte.

Am Vormittag des Weihnachtsabends hatte der kleine Ruster seine Noten fertiggeschrieben, und da sprach er von Fortgehen, obgleich es natürlich seine Absicht war, zu bleiben.

Liljekrona war von der allgemeinen Verstimmung angesteckt und sagte darum gezwungen und matt, daß es wohl das beste wäre, wenn Ruster über Weihnachten da bliebe, wo er war.

Der kleine Ruster war stolz und leicht entflammt. Er drehte seinen Schnurrbart auf und schüttelte die schwarze Künstlermähne, die gleich einer dunklen Wolke um seinen Kopf stand. Was meinte Liljekrona eigentlich? Er sollte bleiben, weil er an keinen anderen Ort fahren konnte? Ah, man denke nur, wie sie in den großen Eisenwerken im Broer Kirchspiel standen und auf ihn warteten! Die Gaststube war bereit, der Willkommensbecher gefüllt. Er hatte solche Eile. Er wußte nur nicht, zu wem er zuerst fahren sollte. »Gott bewahre«, sagte Liljekrona, »so fahre doch.« Nach dem Mittagessen lieh sich der kleine Ruster Pferd und Schlitten, Pelz und Dekken. Der Knecht von Löfdala sollte ihn zu irgendeinem Gutshof in Bro kutschieren und dann rasch heimfahren, denn es sah nach einem Schneesturm aus.

Niemand glaubte, daß er erwartet wurde oder daß es ein einziges Haus in der Umgebung gab, wo er willkommen gewesen wäre. Aber sie wollten ihn so gerne los werden, daß sie sich dies verhehlten und ihn ziehen ließen. »Er hat es selbst gewollt«, sagten sie. Und nun, dachten sie, wollten sie fröhlich sein. Aber als sie sich gegen fünf Uhr im Eßsaal versammelten, um Tee zu trinken und um den Christbaum zu tanzen, schwieg Liljekrona verstimmt. Er setzte sich nicht auf die Märchenbank, er berührte weder Tee noch Punsch, er erinnerte sich an keine Polka, die Violine war ihm verleidet. Wer spielen und tanzen konnte, mochte es ohne ihn tun.

Da wurde die Gattin unruhig, da wurden die Kinder mißvergnügt, alles im ganzen Hause ging verkehrt. Es wurde der allertraurigste Weihnachtsabend.

Die Grütze brannte an, die Lichter flackerten, das Holz rauchte, der Wind blies bittere Kälte in die Stuben. Der

Knecht, der Ruster kutschiert hatte, kam nicht heim. Die Haushälterin weinte, die Mägde zankten.

Plötzlich erinnerte sich Liljekrona, daß man den Spatzen keine Garbe hinausgehängt hatte, und er beklagte sich laut über alle Frauen rings um ihn, die alte Sitten außer acht ließen und neumodisch und herzlos waren. Aber sie begriffen wohl, daß ihn Gewissensbisse quälten, weil er den kleinen Ruster am heiligen Weihnachtsabend aus seinem Hause hatte fortgehen lassen.

Und ehe man sich's versah, ging Liljekrona in sein Zimmer, versperrte die Tür und begann zu spielen, wie er nicht gespielt, seit er zu wandern aufgehört hatte. Es war Haß und Hohn, es war Sehnsucht und Sturm. Ihr dachtet mich zu binden, aber ihr müßt eure Fesseln umschmieden. Ihr dachtet mich so kleinmütig zu machen, wie ihr selbst seid. Aber ich ziehe hinaus ins Große, ins Freie. Alltagsmenschen, Haussklaven, fanget mich, wenn es in eurer Macht steht! Als die Gattin diese Töne hörte, sagte sie: »Morgen ist er fort, wenn Gott nicht in dieser Nacht ein Wunder tut. Jetzt hat unsre Ungastlichkeit gerade das hervorgerufen, was wir vermeiden wollten.«

Inzwischen fuhr der kleine Ruster durch das Schneetreiben. Er zog von einem Hause zum andern und fragte, ob es Arbeit für ihn gäbe, aber nirgends wurde er aufgenommen. Sie forderten ihn nicht einmal auf, aus dem Schlitten zu steigen. Einige hatten das Haus voll Besuch, andere wollten am Weihnachtstage über Land fahren. »Versuche es beim nächsten Nachbarn«, sagten sie alle.

Er mochte immerhin kommen und das Behagen von ein paar Werktagen stören, nicht aber das des Weihnachtsabends. Das Jahr hatte nur einen Weihnachtsabend, und auf den hatten sich die Kinder den ganzen Herbst über gefreut.

Man konnte doch diesen Menschen nicht an einen Weihnachtstisch setzen, wo es Kinder gab. Früher hatten sie ihn gern aufgenommen, aber nicht jetzt, wo er trank. Was sollte man auch mit dem Menschen anfangen? Die Gesindestube war zu schlecht und das Gastzimmer zu fein.

So mußte der kleine Ruster von Hof zu Hof ziehen, in dem peitschenden Schneesturm. Der nasse Schnurrbart hing schlaff über den Mund, die Augen waren blutunterlaufen und verschleiert, aber der Branntwein verflüchtigte sich aus seinem Hirn. Ruster begann zu grübeln und zu staunen. War es möglich, war es möglich, daß niemand ihn aufnehmen wollte? Da sah er mit einem Male sich selbst. Er sah, wie jämmerlich und verkommen er war, und er begriff, daß er den Menschen verhaßt sein mußte. Mit mir ist es aus, dachte er. Es ist aus mit dem Notenschreiben, es ist aus mit der Flöte. Niemand auf Erden braucht mich, niemand hat Barmherzigkeit mit mir. Der Schneesturm pfiff und spielte, er riß die Schneehaufen auf und türmte sie wieder zusammen, er nahm eine Schneesäule in die Arme und tanzte damit übers Feld, er hob eine Flocke himmelhoch und stürzte eine andere in eine Grube. »So ist es, so ist es«, sagte der kleine Ruster, »solange man fährt und tanzt, ist es ein fröhliches Spiel, doch wenn man hinab in die Erde soll, dort eingebettet und verwahrt werden, dann ist es Kummer und Leid.« Doch hinab mußten alle, und jetzt war er an der Reihe. Er war am Ende.

Er fragte nicht mehr danach, wohin der Knecht ihn führte. Er glaubte, daß er in das Reich des Todes fuhr.

Der kleine Ruster verbrannte keine Götter auf dieser Fahrt. Er verfluchte weder das Flötenspiel noch das Kavaliersleben, er dachte nicht, daß es besser für ihn gewesen wäre, wenn er die Erde gepflügt oder Schuhe genäht hätte. Aber darüber klagte er, daß er nun ein ausgespieltes Instrument war, das die

12

Freude nicht mehr gebrauchen konnte. Niemanden klagte er an, denn er wußte, wenn das Waldhorn gesprungen ist und die Gitarre ihre Stimme verloren hat, dann müssen sie fort. Er wurde plötzlich ein sehr demütiger Mensch. Er begriff, daß es mit ihm zu Ende ging, jetzt am Weihnachtsabend. Der Hunger oder die Kälte würden ihn umbringen, denn er verstand nichts, er taugte zu nichts und hatte keine Freunde. Da bleibt der Schlitten stehen, und auf einmal ist es hell um ihn, und er hört freundliche Stimmen, und da ist jemand, der ihn in ein warmes Zimmer führt, und jemand, der ihm heißen Tee bringt. Der Pelz wird ihm abgenommen, und mehrere Menschen rufen, daß er willkommen ist, und warme Hände bringen Leben in seine erstarrten Finger.

Von alledem wurde ihm so wirr im Kopfe, daß er wohl eine Viertelstunde nicht zur Besinnung kam. Er konnte unmöglich begreifen, daß er wieder nach Löfdala gekommen war. Er war sich gar nicht bewußt gewesen, daß der Knecht es satt bekommen hatte, im Schneesturm herumzufahren, und nach Hause umgekehrt war.

Ebensowenig verstand er, warum er jetzt in Liljekronas Haus so freundlich empfangen wurde. Er konnte nicht wissen, daß Liljekronas Gattin begriff, welche schwere Fahrt er an diesem Weihnachtsabend gemacht hatte, wo er an jeder Tür, an die er geklopft hatte, abgewiesen worden war. Sie hatte so großes Mitleid mit ihm bekommen, daß sie ihre eigenen Sorgen vergaß.

Liljekrona setzte das wilde Spielen in seinem Zimmer fort. Er wußte nichts davon, daß Ruster gekommen war. Dieser saß indessen mit der Frau und den Kindern im Speisesaal. Die Dienstleute, die am Weihnachtsabend auch da zu sein pflegten, waren vor der Langeweile bei der Herrschaft in die Küche geflüchtet.

Die Hausfrau versäumte nicht, Ruster zu beschäftigen. »Sie hören ja, Ruster«, sagte sie, »daß Liljekrona den ganzen Abend nur spielt, und ich muß mich um das Tischdecken und das Essen kümmern. Die Kinder sind ganz verlassen. Sie müssen sich der zwei Kleinsten annehmen, Ruster.«

Kinder, das war ein Menschenschlag, mit dem Ruster am wenigsten in Berührung gekommen war. Er hatte sie weder im Kavaliersflügel noch im Soldatenzelt getroffen, weder in Gasthöfen noch auf Landstraßen. Er scheute sich beinahe vor ihnen und wußte nicht, was er sagen sollte, das fein genug für sie war.

Er nahm die Flöte hervor und lehrte die Kinder, Klappen und Löcher mit den Fingern zu bedienen. Es waren zwei Knaben im Alter von vier und sechs Jahren. Sie bekamen eine Lektion auf der Flöte, und das interessierte sie sehr. »Das ist A«, sagte er, »und das ist C«, und dann griff er die Töne. Da wollten die Kleinen wissen, was das für ein A und was für ein C das war, das gespielt werden sollte.

Da nahm Ruster Notenpapier heraus und zeichnete ein paar Noten.

»Nein«, sagten sie, »das ist nicht richtig.« Und sie eilten fort und holten ein Abc-Buch.

Da fing der kleine Ruster an, sie das Alphabet abzuhören. Sie konnten und konnten es nicht. Es sah windig aus mit ihren Kenntnissen. Ruster wurde eifrig, hob die Knirpschen auf seine Knie und begann sie zu unterrichten. Liljekronas Frau ging aus und ein und hörte ganz erstaunt zu. Es klang wie ein Spiel, und die Kinder lachten, aber sie lernten dabei.

Ruster fuhr ein Weilchen fort, aber er war nicht recht bei dem, was er tat. Er wälzte die alten Gedanken, die er im Schneesturm gehabt hatte, in seinem Kopfe. Hier war es gut und behaglich, aber mit ihm war es doch auf jeden Fall aus. Er war verbraucht. Er würde fortgeworfen werden. Und urplötzlich schlug er die Hände vors Gesicht und begann zu weinen.

Da kam Liljekronas Frau hastig auf ihn zu.

»Ruster«, sagte sie, »ich kann verstehen, daß Sie glauben, für Sie sei alles aus. Sie haben kein Glück mit der Musik, und Sie richten sich durch den Branntwein zugrunde. Aber es ist noch nicht aus, Ruster.«

»Doch«, schluchzte der kleine Flötenspieler.

»Sehen Sie, so wie heute abend mit den Kleinen dazusitzen, das wäre etwas für Sie. Wenn Sie die Kinder lesen und schreiben lehren wollten, dann würden Sie wieder überall willkommen sein. Das ist kein geringeres Instrument, um darauf zu spielen, Ruster, als Flöte und Violine. Sehen Sie sie an, Ruster!«

Sie stellte die zwei Kleinen vor ihn hin, und er sah auf, blinzelnd, so, als hätte er in die Sonne gesehen. Es war, als fiele es seinen kleinen trüben Augen schwer, denen der Kinder zu begegnen, die groß und klar und unschuldig waren.

»Sehen Sie sie an, Ruster«, ermahnte Liljekronas Frau.

»Ich getraue mich nicht«, sagte Ruster, denn es schien ihm wie ein Fegefeuer, in den Kinderaugen die Schönheit der Unschuld zu schauen.

Da lachte Liljekronas Frau hell und froh auf. »Dann sollen Sie sich an sie gewöhnen, Ruster. Sie sollen dieses Jahr als Schulmeister bei uns bleiben.«

Liljekrona hörte seine Frau lachen und kam aus seinem Zimmer.

»Was gibt es?« fragte er. »Was gibt es?«

»Nichts anderes«, antwortete sie, »als daß Ruster wiedergekommen ist, und daß ich ihn zum Schulmeister für unsere kleinen Jungen bestellt habe.«

Liljekrona war ganz verblüfft. »Wagst du das«, sagte er, »wagst du es? Er hat wohl versprochen, nie mehr . . .«

»Nein«, sagte die Frau, »Ruster hat nichts versprochen. Aber er wird sich vor mancherlei in acht nehmen müssen, wenn er jeden Tag kleinen Kindern in die Augen sehen soll. Wäre es nicht Weihnachten, hätte ich dies vielleicht nicht gewagt, aber wenn unser Herrgott es wagte, ein kleines Kindlein, das sein eigener Sohn war, unter uns Sünder zu setzen, dann kann ich es wohl auch wagen, meine kleinen Kinder versuchen zu lassen, einen Menschen zu retten.«

Liljekrona konnte gar nicht sprechen, aber es zitterte und zuckte in jeder Falte seines Gesichts, wie immer, wenn er etwas Großes hörte.

Dann küßte er seiner Frau die Hand, so fromm wie ein Kind, das um Verzeihung bittet, und rief laut: »Alle Kinder sollen kommen und Mutter die Hand küssen.«

Das taten sie, und dann hatten sie ein fröhliches Weihnachtsfest in Liljekronas Heim.

Die heilige Nacht

Als ich fünf Jahre alt war, hatte ich einen großen Kummer. Ich weiß kaum, ob ich seitdem einen größeren gehabt habe.

Das war, als meine Großmutter starb. Bis dahin hatte sie jeden Tag auf dem Ecksofa in ihrer Stube gesessen und Märchen erzählt.

Ich weiß es nicht anders, als daß Großmutter dasaß und erzählte, vom Morgen bis zum Abend, und wir Kinder saßen still neben ihr und hörten zu. Das war ein herrliches Leben. Es gab keine Kinder, denen es so gut ging wie uns.

Ich erinnere mich nicht an sehr viel von meiner Großmutter. Ich erinnere mich, daß sie schönes, kreideweißes Haar hatte, und daß sie sehr gebückt ging, und daß sie immer dasaß und an einem Strumpf strickte.

Dann erinnere ich mich auch, daß sie, wenn sie ein Märchen erzählt hatte, ihre Hand auf meinen Kopf zu legen pflegte, und dann sagte sie: »Und das alles ist so wahr, wie daß ich dich sehe und du mich siehst.«

Ich entsinne mich auch, daß sie schöne Lieder singen konnte, aber das tat sie nicht alle Tage. Eines dieser Lieder handelte von einem Ritter und einer Meerjungfrau, und es hatte den Kehrreim: »Es weht so kalt, es weht so kalt, wohl über die weite See.«

Dann entsinne ich mich eines kleinen Gebets, das sie mich lehrte, und eines Psalmverses.

Von allen den Geschichten, die sie mir erzählte, habe ich nur eine schwache, unklare Erinnerung. Nur an eine einzige

17

von ihnen erinnere ich mich so gut, daß ich sie erzählen könnte. Es ist eine kleine Geschichte von Jesu Geburt.

Seht, das ist beinahe alles, was ich noch von meiner Großmutter weiß, außer dem, woran ich mich am besten erinnere, nämlich dem großen Schmerz, als sie dahinging.

Ich erinnere mich an den Morgen, an dem das Ecksofa leer stand und es unmöglich war, zu begreifen, wie die Stunden des Tages zu Ende gehen sollten. Daran erinnere ich mich. Das vergesse ich nie.

Und ich erinnere mich, daß wir Kinder hingeführt wurden, um die Hand der Toten zu küssen. Und wir hatten Angst, es zu tun, aber da sagte uns jemand, daß wir nun zum letztenmal Großmutter für alle die Freude danken könnten, die sie uns gebracht hatte. Und ich erinnere mich, wie Märchen und Lieder vom Hause wegfuhren, in einen langen, schwarzen Sarg gepackt, und niemals wiederkamen.

Ich erinnere mich, daß etwas aus dem Leben verschwunden war. Es war, als hätte sich die Tür zu einer ganzen schönen, verzauberten Welt geschlossen, in der wir früher frei aus und ein gehen durften. Und nun gab es niemand mehr, der sich darauf verstand, diese Tür zu öffnen.

Und ich erinnere mich, daß wir Kinder so allmählich lernten, mit Spielzeug und Puppen zu spielen und zu leben wie andere Kinder auch, und da konnte es ja den Anschein haben, als vermißten wir Großmutter nicht mehr, als erinnerten wir uns nicht mehr an sie.

Aber noch heute, nach vierzig Jahren, wie ich da sitze und die Legenden über Christus sammle, die ich drüben im Morgenland gehört habe, wacht die kleine Geschichte von Jesu Geburt, die meine Großmutter zu erzählen pflegte, in mir auf. Und ich bekomme Lust, sie noch einmal zu erzählen und sie auch in meine Sammlung mit aufzunehmen.

18

Es war an einem Weihnachtstag, alle waren zur Kirche gefahren, außer Großmutter und mir. Ich glaube, wir beide waren im ganzen Haus allein. Wir hatten nicht mitfahren können, weil die eine zu jung und die andere zu alt war. Und alle beide waren wir betrübt, daß wir nicht zum Mettegesang fahren und die Weihnachtslichter sehen konnten.

Aber wie wir so in unserer Einsamkeit saßen, fing Großmutter zu erzählen an.

»Es war einmal ein Mann«, sagte sie, »der in die dunkle Nacht hinausging, um sich Feuer zu leihen. Er ging von Haus zu Haus und klopfte an. ›Ihr lieben Leute, helft mir!‹ sagte er. ›Mein Weib hat eben ein Kindlein geboren, und ich muß Feuer anzünden, um sie und den Kleinen zu erwärmen.‹

Aber es war tiefe Nacht, so daß alle Menschen schliefen, und niemand antwortete ihm.

Der Mann ging und ging. Endlich erblickte er in weiter Ferne einen Feuerschein. Da wanderte er dieser Richtung zu und sah, daß das Feuer im Freien brannte. Eine Menge weißer Schafe lagen rings um das Feuer und schliefen, und ein alter Hirt wachte über die Herde. Als der Mann, der Feuer leihen wollte, zu den Schafen kam, sah er, daß drei große Hunde zu Füßen des Hirten ruhten und schliefen. Sie erwachten alle drei bei seinem Kommen und sperrten ihre weiten Rachen auf, als ob sie bellen wollten, aber man vernahm keinen Laut. Der Mann sah, daß sich die Haare auf ihrem Rücken sträubten, er sah, wie ihre scharfen Zähne funkelnd weiß im Feuerschein leuchteten, und wie sie auf ihn losstürzten. Er fühlte, daß einer nach seiner Hand, und daß einer sich an seine Kehle hängte. Aber die Kinnladen und die Zähne, mit denen die Hunde beißen wollten, gehorchten ihnen nicht, und der Mann litt nicht den kleinsten Schaden.

Nun wollte der Mann weitergehen, um das zu finden, was

er brauchte. Aber die Schafe lagen so dicht nebeneinander, Rücken an Rücken, daß er nicht vorwärts kommen konnte. Da stieg der Mann auf die Rücken der Tiere und wanderte über sie hin dem Feuer zu. Und keins von den Tieren wachte auf oder regte sich.«

So weit hatte Großmutter ungestört erzählen können, aber nun konnte ich es nicht lassen, sie zu unterbrechen. »Warum regten sie sich nicht, Großmutter?« fragte ich.

»Das wirst du nach einem Weilchen schon erfahren«, sagte Großmutter und fuhr mit ihrer Geschichte fort. »Als der Mann fast beim Feuer angelangt war, sah der Hirt auf. Es war ein alter, mürrischer Mann, der unwirsch und hart gegen alle Menschen war. Und als er einen Fremden kommen sah, griff er nach seinem langen, spitzigen Stabe, den er in der Hand zu halten pflegte, wenn er seine Herde hütete, und warf ihn nach ihm. Und der Stab fuhr zischend gerade auf den Mann los, aber ehe er ihn traf, wich er zur Seite und sauste, an ihm vorbei, weit über das Feld.«

Als Großmutter soweit gekommen war, unterbrach ich sie abermals. »Großmutter, warum wollte der Stock den Mann nicht schlagen?« Aber Großmutter ließ es sich nicht einfallen, mir zu antworten, sondern fuhr mit ihrer Erzählung fort.

»Nun kam der Mann zu dem Hirten und sagte zu ihm: ›Guter Freund, hilf mir und leih mir ein wenig Feuer. Mein Weib hat eben ein Kindlein geboren, und ich muß Feuer machen, um sie und den Kleinen zu erwärmen.« Der Hirt hätte am liebsten nein gesagt, aber als er daran dachte, daß die Hunde dem Manne nicht hatten schaden können, daß die Schafe nicht vor ihm davongelaufen waren und daß sein Stab ihn nicht fällen wollte, da wurde ihm ein wenig bange, und er wagte es nicht, dem Fremden das abzuschlagen, was er begehrte. ›Nimm, soviel du brauchst‹, sagte er zu dem Manne.

Aber das Feuer war beinahe ausgebrannt. Es waren keine Scheite und Zweige mehr übrig, sondern nur ein großer Gluthaufen, und der Fremde hatte weder Schaufel noch Eimer, worin er die roten Kohlen hätte tragen können.

Als der Hirt dies sah, sagte er abermals: ›Nimm, soviel du brauchst!‹ Und er freute sich, daß der Mann kein Feuer wegtragen konnte. Aber der Mann beugte sich hinunter, holte die Kohlen mit bloßen Händen aus der Asche und legte sie in seinen Mantel. Und weder versengten die Kohlen seine Hände, als er sie berührte, noch versengten sie seinen Mantel, sondern der Mann trug sie fort, als wenn es Nüsse oder Äpfel gewesen wären.«

Aber hier wurde die Märchenerzählerin zum drittenmal unterbrochen. »Großmutter, warum wollte die Kohle den Mann nicht brennen?«

»Das wirst du schon hören«, sagte die Großmutter, und dann erzählte sie weiter.

»Als dieser Hirt, der ein so böser, mürrischer Mann war, dies alles sah, begann er sich bei sich selbst zu wundern: ›Was kann dies für eine Nacht sein, wo die Hunde die Schafe nicht beißen, die Schafe nicht erschrecken, die Lanze nicht tötet und das Feuer nicht brennt?‹ Er rief den Fremden zurück und sagte zu ihm: ›Was ist dies für eine Nacht? Und woher kommt es, daß alle Dinge dir Barmherzigkeit zeigen?‹

Da sagte der Mann: ›Ich kann es dir nicht sagen, wenn du selber es nicht siehst.‹ Und er wollte seiner Wege gehen, um bald ein Feuer anzünden und Weib und Kind wärmen zu können.

Aber da dachte der Hirt, er wolle den Mann nicht ganz aus dem Gesicht verlieren, bevor er erfahren hätte, was dies alles bedeute. Er stand auf und ging ihm nach, bis er dorthin kam, wo der Fremde daheim war. Da sah der Hirt, daß der Mann nicht einmal eine Hütte hatte, um darin zu wohnen, sondern er hatte sein Weib und sein Kind in einer Berggrotte liegen, wo es nichts gab als nackte, kalte Steinwände.

Aber der Hirt dachte, daß das arme unschuldige Kindlein vielleicht dort in der Grotte erfrieren würde, und obgleich er ein harter Mann war, wurde er davon doch ergriffen und beschloß, dem Kinde zu helfen. Und er löste sein Ränzel von der Schulter und nahm daraus ein weiches, weißes Schaffell hervor. Das gab er dem fremden Mann und sagte, er möge das Kind darauf betten.

Aber in demselben Augenblick, in dem er zeigte, daß auch er barmherzig sein konnte, wurden ihm die Augen geöffnet, und er sah, was er vorher nicht hatte sehen, und hörte, was er vorher nicht hatte hören können.

Er sah, daß rund um ihn ein dichter Kreis von kleinen, silberbeflügelten Englein stand. Und jedes von ihnen hielt ein Saitenspiel in der Hand, und alle sangen sie mit lauter Stimme, daß in dieser Nacht der Heiland geboren wäre, der die Welt von ihren Sünden erlösen solle.

Da begriff er, warum in dieser Nacht alle Dinge so froh waren, daß sie niemand etwas zuleide tun wollten. Und nicht nur rings um den Hirten waren Engel, sondern er sah sie überall. Sie saßen in der Grotte, und sie saßen auf dem Berge, und sie flogen unter dem Himmel. Sie kamen in großen Scharen über den Weg gegangen, und wie sie vorbeikamen, blieben sie stehen und warfen einen Blick auf das Kind.

Es herrschte eitel Jubel und Freude und Singen und Spiel, und das alles sah er in der dunklen Nacht, in der er früher nichts zu gewahren vermocht hatte. Und er wurde so froh, daß seine Augen geöffnet waren, daß er auf die Knie fiel und Gott dankte.«

Aber als Großmutter soweit gekommen war, seufzte sie

und sagte: »Aber was der Hirte sah, das könnten wir auch sehen, denn die Engel fliegen in jeder Weihnachtsnacht unter dem Himmel, wenn wir sie nur zu gewahren vermögen.«

Und dann legte Großmutter ihre Hand auf meinen Kopf und sagte: »Dies sollst du dir merken, denn es ist so wahr, wie daß ich dich sehe und du mich siehst. Nicht auf Lichter und Lampen kommt es an, und es liegt nicht an Mond und Sonne, sondern was not tut, ist, daß wir Augen haben, die Gottes Herrlichkeit sehen können.«

Die Vision des Kaisers

Es war zu der Zeit, da Augustus Kaiser in Rom war und Herodes König in Jerusalem.

Da geschah es einmal, daß eine sehr große und heilige Nacht sich auf die Erde herabsenkte. Es war die dunkelste Nacht, die man noch je gesehen hatte; man hätte glauben können, die ganze Erde sei unter ein Kellergewölbe geraten. Es war unmöglich, Wasser von Land zu unterscheiden, und man konnte sich auf dem vertrautesten Wege nicht zurechtfinden. Und dies konnte nicht anders sein, denn vom Himmel kam kein Lichtstrahl. Alle Sterne waren daheim in ihren Häusern geblieben, und der liebliche Mond hielt sein Gesicht abgewendet.

Und ebenso tief wie die Dunkelheit war auch das Schweigen und die Stille. Die Flüsse hatten in ihrem Laufe innegehalten, kein Lüftchen regte sich, und selbst das Espenlaub hatte zu zittern aufgehört. Wäre man dem Meere entlanggegangen, so hätte man gefunden, daß die Welle nicht mehr an den Strand schlug, und wäre man durch die Wüste gewandert, so hätte der Sand nicht unter dem Fuße geknirscht. Alles war versteinert und regungslos, um nicht die heilige Nacht zu stören. Das Gras vermaß sich nicht zu wachsen, der Tau konnte nicht fallen, und die Blumen wagten nicht, Wohlgeruch auszuhauchen.

In dieser Nacht jagten die Raubtiere nicht, bissen die Schlangen nicht, bellten die Hunde nicht. Und was noch herrlicher war, keins von den leblosen Dingen hätte die Weihe der Nacht dadurch stören wollen, daß es sich zu einer bösen Tat hergab. Kein Dietrich hätte ein Schloß öffnen können, und kein Messer wäre imstande gewesen, Blut zu vergießen.

Eben in dieser Nacht trat in Rom ein kleines Häufchen Menschen aus den kaiserlichen Gemächern auf den Palatin und nahm seinen Weg über das Forum hinauf zum Kapitol. An dem eben zur Neige gegangenen Tage hatten nämlich die Räte den Kaiser gefragt, ob er etwas dagegen einzuwenden habe, daß sie ihm auf Roms heiligem Berge einen Tempel errichteten. Aber Augustus hatte nicht sogleich seine Zustimmung gegeben. Er wußte nicht, ob es den Göttern wohlgefällig wäre, daß er einen Tempel neben dem ihren besäße, und er hatte geantwortet, daß er erst seinem Schutzgeist ein nächtliches Opfer bringen wolle, um dadurch ihren Willen in dieser Sache zu erforschen. Er war es nun, der, von einigen Vertrauten geleitet, dranging, dieses Opfer dazubringen. Augustus ließ sich in seiner Sänfte tragen, denn er war alt, und die hohen Treppen des Kapitols fielen ihm beschwerlich. Er hielt selbst den Käfig mit den Tauben, die er opfern wollte. Nicht Priester noch Soldaten noch Ratsherren begleiteten ihn, sondern nur seine nächsten Freunde. Fackelträger gingen ihm voran, gleichsam um einen Weg in das nächtliche Dunkel zu bahnen, und ihm folgten Sklaven, die den dreifüßigen Altar trugen, die Kohlen, die Messer, das heilige Feuer und alles andere, was für das Opfer erforderlich war.

Auf dem Wege plauderte der Kaiser fröhlich mit seinen Vertrauten, und darum bemerkte niemand die unsägliche Stille und Verschwiegenheit der Nacht. Erst als sie auf dem obersten Teil des Kapitols den leeren Platz erreicht hatten, der für den neuen Tempel auserkoren war, wurde ihnen offenbar, daß etwas Ungewöhnliches bevorstand.

Dies konnte nicht eine Nacht sein wie alle andern, denn

oben auf dem Rande des Felsens sahen sie das wunderbarste Wesen. Zuerst glaubten sie, es sei ein alter, verwitterter Olivenstamm, dann meinten sie, ein uraltes Steinbild vom Jupitertempel sei auf den Felsen hinausgewandert. Endlich gewahrten sie, daß dies niemand sein konnte als die alte Sibylle.

Etwas so Altes, so Wettergebräuntes und so Riesengroßes hatten sie niemals gesehen. Diese alte Frau war schreckenerregend. Wäre der Kaiser nicht gewesen, sie hätten sich alle heim in ihre Betten geflüchtet. »Sie ist es«, flüsterten sie einander zu, »die der Jahre so viele zählt, wie es Sandkörner an der Küste ihres Heimatlandes gibt. Warum ist sie gerade in dieser Nacht aus ihrer Höhle gekommen? Was kündet sie dem Kaiser und dem Reiche, sie, die ihre Prophezeiungen auf die Blätter der Bäume schreibt und weiß, daß der Wind das Orakelwort dem zuträgt, für den es bestimmt ist?«

Sie waren so erschrocken, daß sie alle auf die Knie gesunken wären und mit ihren Stirnen den Boden berührt hätten, wenn die Sibylle nur eine Bewegung gemacht hätte. Aber sie saß so still, als wäre sie leblos. Sie saß auf dem äußersten Rande des Felsens zusammengekauert, und die Augen mit der Hand beschattend, spähte sie hinaus in die Nacht. Sie saß da, als hätte sie den Hügel erstiegen, um etwas, was sich in weiter Ferne zutrug, besser zu sehen. Sie konnte also etwas sehen, sie, in einer solchen Nacht!

In demselben Augenblick merkten der Kaiser und alle in seinem Gefolge, wie tief die Finsternis war. Keiner von ihnen konnte eine Handbreit vor sich sehen. Und welche Stille, welches Schweigen! Nicht einmal das dumpfe Gemurmel des Tiber konnten sie vernehmen. Aber die Luft wollte sie ersticken, der kalte Schweiß trat ihnen auf die Stirn, und ihre Hände waren starr und kraftlos. Sie dachten, es müsse etwas Furchtbares bevorstehen.

Aber niemand wollte zeigen, daß er Angst hatte, sondern alle sagten dem Kaiser, daß dies ein gutes Omen sei: die ganze Natur hielte den Atem an, um einen neuen Gott zu grüßen.

Sie forderten Augustus auf, an das Opfer zu gehen, und sagten, daß die alte Sibylle wahrscheinlich aus ihrer Höhle gekommen wäre, um seinen Genius zu grüßen.

Aber in Wahrheit war die alte Sibylle von einer Vision so gefesselt, daß sie es nicht einmal wußte, daß Augustus auf das Kapitol gekommen war. Sie war im Geiste in ein fernes Land versetzt, und dort meinte sie über eine große Ebene zu wandern. In der Dunkelheit stieß sie mit dem Fuß unablässig an etwas, was sie für Erdhügelchen hielt. Sie bückte sich und tastete mit der Hand. Nein, es waren keine Erdhügelchen, sondern Schafe. Sie wanderte zwischen großen schlafenden Schafherden.

Nun gewahrte sie das Feuer der Hirten. Es brannte mitten auf dem Felde, und sie tastete sich hin. Die Hirten lagen um das Feuer und schliefen, und neben sich hatten sie lange, spitze Stäbe, mit denen sie die Herden gegen wilde Tiere zu verteidigen pflegten. Aber die kleinen Tiere mit den funkelnden Augen und den buschigen Schwänzen, die sich zum Feuer schlichen, waren das nicht Schakale? Und doch schleuderten ihnen die Hirten keine Stäbe nach, die Hunde schliefen weiter, die Schafe flohen nicht, und die wilden Tiere legten sich an der Seite der Menschen zur Ruhe. Dies sah die Sibylle, aber sie wußte nichts von dem, was sich hinter ihr auf der Bergeshöhe zutrug. Sie wußte nicht, daß man da einen Altar errichtete, die Kohlen entzündete, das Räucherwerk ausstreute, und daß der Kaiser die eine Taube aus dem Käfig nahm, um sie zu opfern. Aber seine Hände waren so erstarrt, daß er den Vogel nicht zu halten vermochte. Mit einem einzi-

27

gen Flügelschlag befreite sich die Taube und verschwand, hinauf in das nächtliche Dunkel.

Als dies geschah, blickten die Hofleute mißtrauisch zu der alten Sibylle hin. Sie glaubten, daß sie es wäre, die das Unglück verschuldet hätte.

Konnten sie wissen, daß die Sibylle noch immer an dem Kohlenfeuer der Hirten zu stehen meinte und daß sie nun einem schwachen Klange lauschte, der zitternd durch die totenstille Nacht drang? Sie hörte ihn lange, ehe sie merkte, daß er nicht von der Erde kam, sondern aus den Wolken. Endlich erhob sie das Haupt, und da sah sie lichte, schimmernde Gestalten durch die Dunkelheit gleiten. Es waren kleine Engelscharen, die gar holdselig singend und gleichsam suchend über der weiten Ebene hin und wider flogen.

Während die Sibylle so dem Engelgesange lauschte, bereitete sich der Kaiser gerade zu einem neuen Opfer. Er wusch seine Hände, reinigte den Altar und ließ sich die zweite Taube reichen. Aber obgleich er sich bis zum äußersten anstrengte, um sie festzuhalten, entglitt der glatte Körper der Taube seiner Hand, und der Vogel schwang sich in die undurchdringliche Nacht empor.

Den Kaiser faßte ein Grauen. Er stürzte vor dem leeren Altar auf die Knie und betete zu seinem Genius. Er rief ihn um Kraft an, das Unheil abzuwenden, das diese Nacht zu künden schien.

Auch davon hatte die Sibylle nichts gehört. Sie lauschte mit ganzer Seele dem Engelgesang, der immer stärker wurde. Schließlich wurde er so mächtig, daß er die Hirten erweckte. Sie richteten sich auf dem Ellenbogen empor und sahen leuchtende Scharen silberweißer Engel in langen, wogenden Reihen gleich Zugvögeln droben durch das Dunkel schweben. Einige hatten Lauten und Violinen in den Händen, an-

28

dere hatten Zithern und Harfen, und ihr Gesang klang fröhlich wie Kinderlachen und sorglos wie Lerchenzwitschern. Als die Hirten dieses hörten, machten sie sich auf, um zu dem Bergstädtlein zu gehen, wo sie daheim waren, und von dem Wunder zu erzählen.

Sie wanderten über einen schmalen, geschlängelten Pfad, und die alte Sibylle folgte ihnen. Mit einem Male wurde es oben auf dem Berg hell. Ein großer klarer Stern flammte mitten darüber auf, und die Stadt auf dem Bergesgipfel schimmerte wie Silber im Sternenlicht. Alle die umherirrenden Engelscharen eilten unter Jubelrufen hin, und die Hirten beschleunigten ihre Schritte, so daß sie beinahe liefen. Als sie die Stadt erreicht hatten, fanden sie, daß die Engel sich über einem niedrigen Stall in der Nähe des Stadttors gesammelt hatten. Es war ein ärmlicher Bau mit einem Dache aus Stroh und dem nackten Felsen als Rückwand. Darüber stand der Stern, und dahin scharten sich immer mehr und mehr Engel. Einige setzten sich auf das Strohdach oder ließen sich auf der steilen Felswand hinter dem Hause nieder, andere schwebten mit flatternden Flügeln darüber. Hoch, hoch hinauf war die Luft von den strahlenden Schwingen verklärt.

In demselben Augenblick, in dem der Stern über dem Bergstädtchen aufflammte, erwachte die ganze Natur, und die Männer, die auf der Höhe des Kapitols standen, mußten es auch merken. Sie fühlten frische, aber kosende Winde den Raum durchwehen, süße Wohlgerüche strömten rings um sie empor, Bäume rauschten, der Tiber begann zu murmeln, die Sterne strahlten, und der Mond stand mit einem Male hoch am Himmel und erleuchtete die Welt. Und aus den Wolken schwangen sich zwei Tauben nieder und setzten sich dem Kaiser auf die Schultern.

Als dies Wunder geschah, richtete sich Augustus in stolzer

Freude empor, aber seine Freunde und Sklaven stürzten auf die Knie. »Ave Caesar!« riefen sie. »Dein Genius hat dir geantwortet. Du bist der Gott, der auf der Höhe des Kapitols angebetet werden soll.«

Und die Huldigung, die die hingerissenen Männer dem Kaiser zujubelten, war so laut, daß die alte Sibylle sie hörte. Sie wurde davon aus ihren Geschichten erweckt. Sie erhob sich von ihrem Platze auf dem Felsenrand und trat unter die Menschen. Es war, als hätte eine dunkle Wolke sich aus dem Abgrund erhoben, um über die Bergeshöhe hinabzustürzen. Sie war erschreckend in ihrem Alter. Wirres Haar hing in spärlichen Zotteln um ihren Kopf, die Gelenke der Glieder waren vergrößert, und die gedunkelte Haut überzog den Körper hart wie Baumrinde, Runzel an Runzel.

Aber gewaltig und ehrfurchtgebietend schritt sie auf den Kaiser zu. Mit der einen Hand umfaßte sie sein Handgelenk, mit der andern wies sie nach dem fernen Osten.

»Sieh!« gebot sie ihm, und der Kaiser schlug die Augen auf und sah. Der Raum tat sich vor seinen Blicken auf, und sie drangen ins ferne Morgenland. Und er sah einen dürftigen Stall unter einer steilen Felswand, und in der offenen Tür einige kniende Hirten. Im Stall sah er eine junge Mutter auf den Knien vor einem kleinen Kindlein, das auf einem Strohbündel am Boden lag.

Und die großen knochigen Finger der Sibylle wiesen auf dieses arme Kind.

»Ave Caesar!« sagte die Sibylle mit einem Hohnlachen. »Da ist der Gott, der auf der Höhe des Kapitols angebetet werden wird!«

Da prallte Augustus vor ihr zurück, wie vor einer Wahnsinnigen.

Aber über die Sibylle kam der mächtige Sehergeist. Ihre

trüben Augen begannen zu brennen, ihre Hände reckten sich zum Himmel empor, ihre Stimme verwandelte sich, so daß sie nicht ihre eigne zu sein schien, sondern solchen Klang und solche Kraft hatte, daß man sie über die ganze Welt hin hätte hören können. Und sie sprach Worte, die sie oben in den Sternen zu lesen schien.

»Anbeten wird man auf den Höhen des Kapitols den Welterneuerer, Christ oder Antichrist, doch nicht hinfällige Menschen.«

Als sie dies gesagt hatte, schritt sie durch die Reihen der schreckgelähmten Männer, ging langsam die Bergeshöhe hinunter und verschwand.

Aber Augustus ließ am nächsten Tage dem Volke streng verbieten, ihm einen Tempel auf dem Kapitol zu errichten. Anstatt dessen erbaute er dort ein Heiligtum für das neugeborene Gotteskind und nannte es ›Des Himmels Altar‹, Ara Coeli.

Der Brunnen der weisen Männer

In dem alten Lande Juda zog die Dürre umher, hohläugig und derb wanderte sie über gelbes Gras und verschrumpfte Disteln.

Es war Sommerzeit. Die Sonne brannte auf schattenlose Bergrücken, und der leiseste Wind wirbelte dichte Wolken von Kalkstaub aus dem weißgrauen Boden, die Herden standen in den Tälern um die versiegten Bäche geschart.

Die Dürre ging umher und prüfte die Wasservorräte. Sie wanderte zu Salomons Teichen und sah seufzend, daß ihre felsigen Ufer noch eine Menge Wasser umschlossen. Dann ging sie hinunter zu dem berühmten Davidsbrunnen bei Bethlehem und fand auch dort Wasser. Hierauf wanderte sie mit schleppenden Schritten über die große Heerstraße, die von Bethlehem nach Jerusalem führt.

Als sie ungefähr auf halbem Wege war, sah sie den Brunnen der weisen Männer, der dicht am Wegsaume liegt, und sie merkte sogleich, daß er nahe am Versiegen war. Die Dürre setzte sich auf die Brunnenschale, die aus einem einzigen großen ausgehöhlten Steine besteht, und sah in den Brunnen hinunter. Der blanke Wasserspiegel, der sonst ganz nahe der Öffnung sichtbar zu werden pflegte, war tief hinabgesunken, und Schlamm und Morast vom Grunde machten ihn unrein und trübe. Als der Brunnen das braungebrannte Gesicht der Dürre sich auf seinem matten Spiegel malen sah, ließ er ein Plätschern der Angst hören.

»Ich möchte wohl wissen, wann es mit dir zu Ende gehen

wird«, sagte die Dürre, »du kannst wohl dort unten in der Tiefe keine Wasserader finden, die käme und dir neues Leben gäbe. Und von Regen kann, Gott sei Dank, vor zwei, drei Monaten keine Rede sein.«

»Du magst ruhig sein«, seufzte der Brunnen. »Nichts kann mir helfen. Da wäre zum mindesten ein Quell vom Paradiese vonnöten.«

»Dann will ich dich nicht verlassen, bevor alles aus ist«, sagte die Dürre. Sie sah, daß der alte Brunnen in den letzten Zügen lag, und nun wollte sie die Freude haben, ihn Tropfen für Tropfen sterben zu sehen.

Sie setzte sich wohlgemut auf dem Brunnenrande zurecht und freute sich zu hören, wie der Brunnen in der Tiefe seufzte. Sie hatte auch großes Wohlgefallen daran, durstige Wanderer herankommen zu sehen, zu sehen, wie sie den Eimer hinuntersenkten und ihn mit nur wenigen Tropfen schlammvermengten Wassers auf dem Grunde heraufzogen.

So verging der ganze Tag, und als die Dunkelheit anbrach, sah die Dürre wieder in den Brunnen hinunter. Es blinkte noch ein wenig Wasser dort unten.

»Ich bleibe hier, die ganze Nacht über«, rief sie, »spute dich nur nicht. Wenn es so hell ist, daß ich wieder in dich hinabsehen kann, ist es sicherlich zu Ende mit dir.«

Die Dürre kauerte sich auf dem Brunnendache zusammen, während die heiße Nacht, die noch grausamer und qualvoller war als der Tag, sich auf das Land Juda herniedersenkte. Hunde und Schakale heulten ohne Unterlaß, und durstige Kühe und Esel antworteten ihnen aus ihren heißen Ställen. Wenn sich zuweilen der Wind regte, brachte er keine Kühlung, sondern war heiß und schwül wie die keuchenden Atemzüge eines großen schlafenden Ungeheuers.

Aber die Sterne leuchteten im allerholdesten Glanz, und

ein kleiner, flimmernder Neumond warf ein schönes grünblaues Licht über die grauen Hügel. Und in diesem Schein sah die Dürre eine große Karawane zum Hügel heraufziehen, auf dem der Brunnen der weisen Männer lag.

Die Dürre saß und blickte auf den langen Zug und frohlockte aufs neue bei dem Gedanken an all den Durst, der zum Brunnen heraufzog und keinen Tropfen Wasser finden würde, um gelöscht zu werden. Da kamen so viele Tiere und Führer, daß sie den Brunnen hätten leeren können, selbst wenn er ganz voll gewesen wäre. Plötzlich wollte es sie bedünken, daß es etwas Ungewöhnliches, etwas Gespenstisches um diese Karawane wäre, die durch die Nacht daherzog. Alle Kamele kamen erst auf einem Hügel zum Vorschein, der gerade hinauf zum Horizont ragte; es war, als wären sie vom Himmel herniedergestiegen. Sie sahen im Mondlicht größer aus als gewöhnliche Kamele und trugen allzu leicht die Bürden, die auf ihnen lasteten.

Aber sie konnte doch nichts anderes glauben, als daß sie ganz wirklich wären, denn sie sah sie ja ganz deutlich. Sie konnte sogar unterscheiden, daß die drei vordersten Tiere Dromedare waren, Dromedare mit grauem, glänzendem Fell, und daß sie reich gezäumt, mit befransten Schabracken gesattelt waren und schöne, vornehme Reiter trugen.

Der ganze Zug machte beim Brunnen halt, die Dromedare legten sich mit dreimaligem scharfen Einknicken auf den Boden, und ihre Reiter stiegen ab. Die Packkamele blieben stehen, und wie sich ihrer immer mehr versammelten, schienen sie eine unübersehbare Wirrnis von hohen Hälsen und Buckeln und wunderlich aufgestapelten Bepackungen zu bilden.

Die drei Dromedarreiter kamen sogleich auf die Dürre zu und begrüßten sie, indem sie die Hand an Stirn und Brust legten. Sie sah, daß sie blendend weiße Gewänder und ungeheure Turbane trugen, an deren oberem Rand ein klar funkelnder Stern befestigt war, der leuchtete, als sei er geradewegs vom Himmel genommen.

»Wir kommen aus einem fernen Lande«, sagte der eine der Fremdlinge, »und wir bitten dich, sag uns, ob dies wirklich der Brunnen der weisen Männer ist.«

»Er wird heute so genannt«, sagte die Dürre, »aber morgen gibt es hier keinen Brunnen mehr. Er wird heute nacht sterben.«

»Das leuchtet mir wohl ein, da ich dich hier sehe«, sagte der Mann. »Aber ist dies denn nicht einer der heiligen Brunnen, die niemals versiegen? Oder woher hat er sonst seinen Namen?«

»Ich weiß, daß er heilig ist«, sagte die Dürre, »aber was kann das helfen? Die drei Weisen sind im Paradiese.«

Die drei Wanderer sahen einander an. »Kennst du wirklich die Geschichte des alten Brunnens?« fragten sie.

»Ich kenne die Geschichte aller Brunnen und Flüsse und Bäche und Quellen«, sagte die Dürre stolz.

»Mach uns doch die Freude und erzähl sie uns«, baten die Fremdlinge. Und sie setzten sich um die alte Feindin alles Wachsenden und lauschten.

Die Dürre räusperte sich und rückte sich auf dem Brunnenrande zurecht wie ein Märchenerzähler auf seinem Hochsitz; dann begann sie zu erzählen.

»In Gabes in Medien, einer Stadt, die dicht am Rande der Wüste liegt und die mir daher oft eine liebe Zuflucht war, lebten vor vielen Jahren drei Männer, die ob ihrer Weisheit berühmt waren. Sie waren auch sehr arm, und das war etwas sehr Ungewöhnliches, denn in Gabes wurde das Wissen hoch in Ehren gehalten und reichlich bezahlt. Aber diesen drei Männern konnte es kaum anders gehen, denn der eine von ihnen war über die Maßen alt, einer war mit dem Aussatz behaftet, und der dritte war ein schwarzer Neger mit wulstigen Lippen. Die Menschen hielten den ersten für zu alt, um sie etwas lehren zu können, dem zweiten wichen sie aus Furcht vor Ansteckung aus, und dem dritten wollten sie nicht zuhören, weil sie zu wissen glaubten, daß noch niemals Weisheit aus Äthiopien gekommen wäre.

Die drei Weisen schlossen sich jedoch in ihrem Unglück aneinander. Sie bettelten tagsüber an derselben Tempelpforte und schliefen nachts auf demselben Dache. Auf diese Weise konnten sie sich wenigstens dadurch die Zeit verkürzen, daß sie gemeinsam über alles Wunderbare nachgrübelten, das sie an Dingen und Menschen bemerkten.

Eines Nachts, als sie Seite an Seite auf einem Dache schliefen, das dicht mit rotem, betäubendem Mohn bewachsen war, erwachte der älteste von ihnen, und kaum hatte er einen Blick um sich geworfen, als er auch die beiden andern weckte.

›Gepriesen sei unsere Armut, die uns nötigt, im Freien zu schlafen‹, sprach er zu ihnen. ›Wacht auf und erhebt eure Blicke zum Himmel.‹

Nun wohl«, sagte die Dürre mit etwas milderer Stimme, »dies war eine Nacht, die keiner, der sie gesehen hat, vergessen kann. Der Raum war so hell, daß der Himmel, der zumeist doch einem festen Gewölbe gleicht, nun tief und durchsichtig erschien und mit Wogen erfüllt wie ein Meer. Das Licht wallte droben auf und nieder, und die Sterne schienen in verschiedenen Tiefen zu schwimmen, einzelne mitten in den Lichtwellen, andere auf deren Oberfläche.

Aber ganz fern, hoch oben sahen die drei Männer ein schwaches Dunkel auftauchen. Und dieses Dunkel durcheilte den Raum wie ein Ball und kam immer näher, und wie es so herankam, begann es sich zu erhellen, aber es erhellte sich so

36

wie Rosen – möge Gott sie alle welken lassen –, wenn sie aus der Knospe springen. Es wurde immer größer, und die dunkle Hülle darum ward nach und nach gesprengt, und das Licht strahlte in vier klaren Blättern zu seinen Seiten aus. Endlich, als es so tief herniedergekommen war wie der nächste der Sterne, machte es halt. Da bogen sich die dunklen Enden ganz zur Seite, und Blatt und Blatt entfaltete sich schönes, rosenfarbenes Licht, bis es gleich einem Stern unter Sternen strahlte.

Als die armen Männer dies sahen, sagte ihnen ihre Weisheit, daß in dieser Stunde auf Erden ein mächtiger König geboren würde, einer, dessen Macht höher steigen sollte als die Cyrus' oder Alexanders. Und sie sagten zueinander: ›Lasset uns zu den Eltern des Neugeborenen gehen und ihnen sagen, was wir gesehen haben. Vielleicht lohnen sie es uns mit einem Beutel Münzen oder einem Armband aus Gold.‹

Sie ergriffen ihre langen Wanderstäbe und machten sich auf den Weg. Sie wanderten durch die Stadt und hinaus zum Stadttor, aber da standen sie einen Augenblick unschlüssig, denn jetzt breitete sich vor ihnen die große Wüste aus, die die Menschen verabscheuen. Da sahen sie, wie der neue Stern einen schmalen Lichtstreifen über den Wüstensand warf, und sie wanderten voll Zuversicht weiter mit dem Stern als Wegweiser.

Sie gingen die ganze Nacht über das weite Sandfeld, und auf ihrer Wanderung sprachen sie von dem jungen neugeborenen König, den sie in einer Wiege aus Gold schlafend finden würden, mit Edelsteinen spielend. Sie kürzten die Stunden der Nacht, indem sie davon sprachen, wie sie vor seinen Vater, den König, und seine Mutter, die Königin treten würden und ihnen sagen, daß der Himmel ihrem Sohne Macht und Stärke, Schönheit und Glück verheiße, größer als Salomons Glück.

Sie brüsteten sich damit, daß Gott sie erkoren hatte, den

Stern zu sehen. Sie sagten sich, daß die Eltern des Neugeborenen sie nicht mit weniger als zwanzig Beuteln Gold entlohnen könnten, vielleicht würden sie ihnen sogar so viel geben, daß sie niemals mehr die Qualen der Armut zu fühlen brauchten.

Ich lag wie der Löwe in der Wüste auf der Lauer«, fuhr die Dürre fort, »um mich mit allen Qualen des Durstes auf diese Wanderer zu stürzen; aber sie entkamen mir, die ganze Nacht führte der Stern sie, und am Morgen, als der Himmel sich erhellte und die andern Sterne verblichen, blieb dieser beharrlich und leuchtete über der Wüste, bis er sie zu einer Oase geführt hatte, wo sie eine Quelle und Dattelbäume fanden. Da ruhten sie den ganzen Tag, und erst mit sinkender Nacht, als sie den Sternenstrahl wieder den Wüstensand umranden sahen, gingen sie weiter.

Nach Menschenweise zu sehen«, fuhr die Dürre fort, »war es eine schöne Wanderung. Der Stern geleitete sie, daß sie weder zu hungern noch zu dürsten brauchten. Er führte sie an den scharfen Disteln vorbei, er vermied den tiefen, losen Flugsand, sie entgingen dem grellen Sonnenschein und den heißen Wüstenstürmen. Die Weisen sagten beständig zueinander: ›Gott schützt uns und segnet unsere Wanderung. Wir sind seine Sendboten.‹

Aber so allmählich gewann ich doch Macht über sie«, erzählte die Dürre weiter, »und in einigen Tagen waren die Herzen dieser Sternenwanderer in eine Wüste verwandelt, ebenso trocken wie die, durch die sie wanderten. Sie waren mit unfruchtbarem Stolz und versengender Gier erfüllt.

›Wir sind Gottes Sendboten‹, wiederholten die drei Weisen, ›der Vater des neugeborenen Königs belohnt uns nicht zu hoch, wenn er uns eine mit Gold beladene Karawane schenkt.‹

Endlich führte der Stern sie über den vielgerühmten Jordanfluß und hinauf zu den Hügeln des Landes Juda. Und eines Nachts blieb er über der kleinen Stadt Bethlehem stehen, die unter grünen Olivenbäumen auf einem felsigen Hügel hervorschimmert.

Die drei Weisen sahen sich nach Schlössern und befestigten Türmen und Mauern und allem dem andern um, was zu einer Königsstadt gehört, aber davon sahen sie nichts. Und was noch schlimmer war, das Sternenlicht leitete sie nicht einmal in die Stadt hinein, sondern blieb bei einer Grotte am Wegsaum stehen. Da glitt das milde Licht durch die Öffnung hinein und zeigte den drei Wanderern ein kleines Kind, das im Schoße seiner Mutter lag und in Schlaf gesungen wurde.

Aber ob auch die drei Weisen nun sahen, daß das Licht gleich einer Krone das Haupt des Kindes umschloß, blieben sie vor der Grotte stehen. Sie traten nicht ein, um dem Kleinen Ruhm und Königreiche zu prophezeien. Sie wendeten sich, und ohne ihre Gegenwart zu verraten, flohen sie vor dem Kinde und gingen wieder den Hügel hinan.

›Sind wir zu Bettlern ausgezogen, die ebenso arm und gering sind wie wir selber?‹ sagten sie. ›Hat Gott uns hierher geführt, damit wir unseren Scherz treiben und dem Sohn eines Schafhirten alle Ehre weissagen? Dieses Kind wird nie etwas andres erreichen, als hier im Tale seine Herden zu hüten.‹«

Die Dürre hielt inne und nickte ihren Zuhörern bekräftigend zu. Hab’ ich nicht recht? schien sie sagen zu wollen. Es gibt mancherlei, was dürrer ist als der Wüstensand. Aber nichts ist unfruchtbarer als das Menschenherz.

»Die drei Weisen waren nicht lange gegangen, als es ihnen einfiel, daß sie sich wohl verirrt hätten, dem Sterne nicht richtig gefolgt wären«, fuhr die Dürre fort, »und sie hoben ihre

Augen empor, um den Stern und den rechten Weg wiederzu-
finden. Aber da war der Stern, dem sie vom Morgenlande her
gefolgt waren, vom Himmel verschwunden.«

Die drei Fremdlinge machten eine heftige Bewegung, ihre
Gesichter drückten tiefes Leiden aus.

»Was sich nun begab«, begann die Sprecherin von neuem,
»ist, nach Menschenart zu urteilen, vielleicht etwas Erfreuli-
ches. Gewiß ist, daß die drei Männer, als sie den Stern nicht
mehr sahen, sogleich begriffen, daß sie gegen Gott gesündigt
hatten. Und es geschah mit ihnen«, fuhr die Dürre schauernd
fort, »was mit dem Boden im Herbste geschieht, wenn die
Regenzeit beginnt. Sie zitterten vor Schrecken wie die Erde
vor Blitz und Donner, ihr Wesen erweichte sich, die Demut
sproß wie grünes Gras in ihren Sinnen empor.

Drei Tage und drei Nächte wanderten sie im Lande umher,
um das Kind zu finden, das sie anbeten sollten. Aber der Stern
zeigte sich ihnen nicht, sie verirrten sich immer mehr und
fühlten die größte Trauer und Betrübnis. In der dritten Nacht
langten sie bei diesem Brunnen an, um zu trinken. Und da
hatte Gott ihnen ihre Sünde verziehen, so daß sie, als sie sich
über das Wasser beugten, dort tief unten das Spiegelbild des
Sternes sahen, der sie aus dem Morgenland herbeigeführt
hatte.

Sogleich gewahrten sie ihn auch am Himmelszelt, und er
führte sie aufs neue zur Grotte in Bethlehem, und sie fielen
vor dem Kinde auf die Knie und sagten: ›Wir bringen dir
Goldschalen voll Räucherwerk und köstlicher Gewürze. Du
wirst der größte König werden, der auf Erden gelebt hat und
leben wird von ihrer Erschaffung bis zu ihrem Untergange.‹
Da legte das Kind seine Hand auf ihre gesenkten Köpfe, und
als sie sich erhoben – siehe, da hatte es ihnen Gaben gegeben,
größer als ein König sie hätte schenken können. Denn der alte

Bettler war jung geworden, und der Aussätzige gesund, und der Schwarze war ein schöner, weißer Mann. Und man sagt, sie waren so herrlich, daß sie von dannen zogen und Könige wurden, jeder in seinem Reich.«

Die Dürre hielt in ihrer Erzählung inne, und die drei Fremdlinge priesen sie. »Du hast gut erzählt«, sagten sie. »Aber es wundert mich, daß die drei Weisen nichts für den Brunnen tun, der ihnen den Stern zeigte. Sollten sie eine solche Wohltat ganz vergessen haben?«

»Muß nicht dieser Brunnen immer da sein«, sagte der zweite Fremdling, »um die Menschen daran zu erinnern, daß sich das Glück, das auf den Höhen des Stolzes entschwindet, in den Tiefen der Demut wiederfinden läßt?« – »Sind die Dahingeschiedenen schlechter als die Lebenden?« sagte der dritte. »Stirbt die Dankbarkeit bei denen, die im Paradiese leben?«

Aber als sie dieses sagten, fuhr die Dürre mit einem Schrei empor. Sie hatte die Fremdlinge erkannt, sie sah, wer die Wanderer waren. Und sie entfloh wie eine Rasende, um nicht sehen zu müssen, wie die weisen Männer ihre Diener riefen und ihre Kamele, die alle mit Wassersäcken beladen waren, herbeiführten und den armen sterbenden Brunnen mit Wasser füllten, das sie aus dem Paradiese gebracht hatten.

Das Kindlein von Bethlehem

Vor dem Stadttor in Bethlehem stand ein römischer Kriegsknecht Wache. Er trug Harnisch und Helm, er hatte ein kurzes
Schwert an der Seite und hielt eine lange Lanze in der Hand.
Den ganzen Tag stand er beinahe regungslos, so daß man ihn
wirklich für einen Mann aus Eisen halten konnte. Die Stadt-
leute gingen durch das Tor aus und ein, Obstverkäufer und
Weinhändler stellten ihre Körbe und Gefäße auf den Boden
neben den Kriegsknecht hin, aber er gab sich kaum die Mühe,
den Kopf zu wenden, um ihnen nachzusehen.

Das ist doch nichts, um es zu betrachten, schien er sagen zu
wollen. Was kümmere ich mich um euch, die ihr arbeitet und
Handel treibt und mit Ölkrügen und Weinschläuchen angezogen kommt! Laßt mich ein Kriegsheer sehen, das sich auf-
stellt, um dem Feinde entgegenzuziehen! Laßt mich das Gewühl sehen und den heißen Streit, wenn ein Reitertrupp sich
auf eine Schar Fußvolk stürzt! Laßt mich die Tapferen sehen,
die mit Sturmleitern vorwärts eilen, um die Mauern einer be-
lagerten Stadt zu ersteigen! Nichts andres kann meine Auge
erfreuen als der Krieg. Ich sehne mich danach, Roms Adler in
der Luft blinken zu sehen. Ich sehne mich nach dem Schmet-
tern der Kupferhörner, nach schimmernden Waffen, nach rot
verspritzendem Blut.

Gerade vor dem Stadttor erstreckte sich ein prächtiges
Feld, das ganz mit Lilien bewachsen war. Der Kriegsknecht
stand jeden Tag da, die Blicke gerade auf dieses Feld gerichtet, aber es kam ihm keinen Augenblick in den Sinn, die au-

ßerordentliche Schönheit der Blumen zu bewundern. Zuweilen merkte er, daß die Vorübergehenden stehenblieben und sich an den Lilien freuten, und dann staunte er, daß sie ihre Wanderung verzögerten, um etwas so Unbedeutendes anzuschauen. Diese Menschen wissen nicht, was schön ist, dachte er. Und wie er so dachte, sah er nicht mehr die grünenden Felder und die Olivenhügel rings um Bethlehem vor seinen Augen, sondern er träumte sich fort in eine glühend heiße Wüste in dem sonnenreichen Libyen. Er sah eine Legion Soldaten in einer langen geraden Linie über den gelben Sand ziehen. Nirgends gab es Schutz vor den Sonnenstrahlen, nirgends einen labenden Quell, nirgends war eine Grenze der Wüste oder ein Ziel der Wanderung zu erblicken. Er sah die Soldaten, von Hunger und Durst ermattet, mit schwankenden Schritten vorwärts wandern. Er sah einen nach dem andern zu Boden stürzen, von der glühenden Sonnenhitze gefällt. Aber trotz allem zog die Truppe stetig vorwärts, ohne zu zaudern, ohne daran zu denken, den Feldherrn im Stich zu lassen oder umzukehren.

Sehet hier, was schön ist! dachte der Kriegsknecht. Seht, was den Blick eines tapfern Mannes verdient! Während der Kriegsknecht Tag für Tag an demselben Platze auf seinem Posten stand, hatte er die beste Gelegenheit, die schönen Kinder zu betrachten, die rings um ihn spielten. Aber es war mit den Kindern wie mit den Blumen. Er begriff nicht, daß es der Mühe wert sein könnte, sie zu betrachten. Was ist dies, um sich daran zu freuen? dachte er, als er die Menschen lächeln sah, wenn sie den Spielen der Kinder zusahen. Es ist seltsam, daß sich jemand über ein Nichts freuen kann.

Eines Tages, als der Kriegsknecht wie gewöhnlich auf seinem Posten vor dem Stadttore stand, sah er ein kleines Knäblein, das ungefähr drei Jahre als sein mochte, auf diese Weise kommen, um zu spielen. Es war ein armes Kind, das in ein kleines Schaffell gekleidet war und ganz allein spielte. Der Soldat stand und beobachtete den kleinen Ankömmling, beinahe ohne es selbst zu merken. Das erste, was ihm auffiel, war, daß der Kleine so leicht über das Feld lief, daß er auf den Spitzen der Grashalme zu schweben schien. Aber als er dann anfing, seine Spiele zu verfolgen, da staunte er noch mehr. »Bei meinem Schwert«, sagte er schließlich, »dieses Kind spielt nicht wie andre! Was kann das sein, womit es sich da ergötzt?«

Das Kind spielte nur wenige Schritte von dem Kriegsknecht entfernt, so daß er darauf achten konnte, was es vornahm. Er sah, wie es die Hand ausstreckte, um eine Biene einzufangen, die auf dem Rande einer Blume saß und so schwer mit Blütenstaub beladen war, daß sie kaum die Flügel zum Fluge zu heben vermochte. Er sah zu seiner großen Verwunderung, daß die Biene sich, ohne einen Versuch zu entfliehen und ohne ihren Stachel zu gebrauchen, fangen ließ. Aber als der Kleine die Biene sicher zwischen seinen Fingern hielt, lief er fort zu einer Spalte in der Stadtmauer, wo ein Schwarm Bienen seine Wohnstatt hatte, und setzte das Tierchen dort ab. Und sowie er auf diese Weise einer Biene geholfen hatte, eilte er sogleich von dannen, um einer andern beizustehen. Den ganzen Tag sah ihn der Soldat Bienen einfangen und sie in ihr Heim tragen.

Dieses Knäblein ist wahrlich törichter als irgend jemand, den ich bis heute besehen habe, dachte der Kriegsknecht. Wie kann es ihm einfallen, zu versuchen, diesen Bienen beizustehen, die sich so gut ohne ihn helfen und die ihn obendrein mit ihrem Stachel stechen können! Was für ein Mensch soll aus ihm werden, wenn er am Leben bleibt?

Der Kleine kam Tag für Tag wieder und spielte draußen

auf der Wiese, und der Kriegsknecht konnte es nicht lassen, sich über ihn und seine Spiele zu wundern. Es ist recht seltsam, dachte er, nun habe ich volle drei Jahre an diesem Tor Wache gestanden, und noch niemals habe ich etwas zu Gesicht bekommen, was meine Gedanken beschäftigt hätte, außer diesem Kinde. Aber der Kriegsknecht hatte durchaus keine Freude an dem Kinde. Im Gegenteil, der Kleine erinnerte ihn an eine furchtbare Weissagung eines alten jüdischen Sehers. Dieser hatte nämlich prophezeit, daß einmal eine Zeit des Friedens sich auf die Erde senken würde. Während eines Zeitraums von tausend Jahren würde kein Blut vergossen, kein Krieg geführt werden, sondern die Menschen würden einander lieben wie Brüder. Wenn der Kriegsknecht daran dachte, daß etwas so Entsetzliches wirklich eintreffen könnte, dann durcheilte seinen Körper ein Schauder, und er umklammerte hart seine Lanze, gleichsam um eine Stütze zu suchen.

Und je mehr nun der Kriegsknecht von dem Kleinen und seinen Spielen sah, desto häufiger mußte er an das Reich des tausendjährigen Friedens denken. Zwar fürchtete er nicht, daß es schon angebrochen sein könnte, aber er liebte es nicht, an etwas so Verabscheuungswürdiges auch nur denken zu müssen.

Eines Tages, als der Kleine zwischen den Blumen auf dem schönen Felde spielte, kam ein sehr heftiger Regenschauer aus den Wolken herniedergeprasselt. Als er merkte, wie groß und schwer die Tropfen waren, die auf die zarten Lilien niederschlugen, schien er für seine schönen Freundinnen besorgt zu werden. Er eilte zu der schönsten und größten unter ihnen und beugte den steifen Stengel, der die Blüten trug, zur Erde, so daß die Regentropfen die untere Seite der Kelche trafen. Und sowie er mit einer Blumenstaude in dieser Weise verfahren war, eilte er zu einer anderen und beugte ihren Stengel in gleicher Weise, so daß die Blumenkelche sich der Erde zuwendeten. Und dann zu einer dritten und vierten, bis alle Blumen der Flur gegen heftigen Regen geschützt waren.

Der Kriegsknecht mußte bei sich lächeln, als er die Arbeit des Knaben sah. »Ich fürchte, die Lilien werden ihm keinen Dank dafür wissen«, sagte er. »Alle Stengel sind natürlich abgebrochen. Es geht nicht an, die steifen Pflanzen auf diese Art zu beugen.«

Aber als der Regenschauer endlich aufhörte, sah der Kriegsknecht das Knäblein zu den Lilien eilen und sie aufrichten. Und zu seinem unbeschreiblichen Staunen richtete das Kind ohne die mindeste Mühe die steifen Stengel gerade. Es zeigte sich, daß kein einziger von ihnen gebrochen oder beschädigt war. Es eilte von Blume zu Blume, und alle geretteten Lilien strahlten bald in vollem Glanze auf der Flur.

Als der Kriegsknecht dies sah, bemächtigte sich seiner ein seltsamer Groll. Sieh doch an, welch ein Kind! dachte er. Es ist kaum zu glauben, daß es etwas so Törichtes beginnen kann. Was für ein Mann soll aus diesem Kleinen werden, der es nicht einmal ertragen kann, eine Lilie zerstört zu sehen? Wie würde es ablaufen, wenn so einer in den Krieg müßte? Was würde er anfangen, wenn man ihm den Befehl gäbe, ein Haus anzuzünden, das voller Frauen und Kinder wäre, oder ein Schiff in Grund zu bohren, das mit seiner ganzen Besatzung über die Wellen führe?

Wieder mußte er an die alte Prophezeiung denken, und er begann zu fürchten, daß die Zeit wirklich angebrochen sein könnte, zu der sie in Erfüllung gehen sollte. Sintemalen ein Kind gekommen ist wie dieses, ist diese fürchterliche Zeit vielleicht ganz nahe. Schon jetzt herrscht Friede auf der ganzen Welt, und sicherlich wird der Tag des Krieges niemals mehr anbrechen. Von nun an werden alle Menschen von derselben Gemütsart sein wie dieses Kind. Sie werden fürchten, einander zu schaden, ja, sie werden es nicht einmal übers Herz bringen, eine Biene oder eine Blume zu zerstören. Keine großen Heldentaten werden mehr vollbracht. Keine herrlichen Siege wird man erringen, und kein glänzender Triumphator wird zum Kapitol hinanziehen. Es wird für einen tapferen Mann nichts mehr geben, was er ersehnen könnte.

Und der Kriegsknecht, der noch immer hoffte, neue Kriege zu erleben und sich durch Heldentaten zu Macht und Reichtum aufzuschwingen, war so ergrimmt gegen den kleinen Dreijährigen, daß er drohend die Lanze nach ihm ausstreckte, als er das nächste Mal an ihm vorbeilief.

An einem andern Tage jedoch waren es weder die Bienen noch die Lilien, denen der Kleine beizustehen suchte, sondern er tat etwas, was den Kriegsknecht noch viel unnötiger und undankbarer deuchte.

Es war ein furchtbar heißer Tag, und die Sonnenstrahlen, die auf den Helm und die Rüstung des Soldaten fielen, erhitzten sich so, daß ihm war, als trüge er ein Kleid aus Feuer. Für die Vorübergehenden hatte es den Anschein, als müßte er schrecklich unter der Wärme leiden. Seine Augen traten blutunterlaufen aus dem Kopfe, und die Haut seiner Lippen verschrumpfte, aber den Kriegsknecht, der gestählt war und die brennende Hitze in Afrikas Sandwüsten ertragen hatte, deuchte es, daß dies eine geringe Sache wäre, und er ließ es sich nicht einfallen, seinen gewohnten Platz zu verlassen. Er fand im Gegenteil Gefallen daran, den Vorübergehenden zu zeigen, daß er so stark und ausdauernd war und nicht Schutz vor der Sonne zu suchen brauchte.

Während er so dastand und sich beinahe lebendig braten ließ, kam der kleine Knabe, der auf dem Felde zu spielen pflegte, plötzlich auf ihn zu. Er wußte wohl, daß der Legionär nicht zu seinen Freunden gehörte, und er pflegte sich zu hüten, in den Bereich seiner Lanze zu kommen, aber nun trat er dicht an ihn heran, betrachtete ihn lange und genau und eilte dann in vollem Laufe über den Weg. Als er nach einer Weile zurückkam, hielt er beide Hände ausgebreitet wie eine Schale und brachte auf diese Weise ein paar Tropfen Wasser mit.

Ist dies Kind jetzt gar auf den Einfall gekommen, fortzulaufen und für mich Wasser zu holen? dachte der Soldat. Das ist wirklich ohne allen Verstand. Sollte ein römischer Legionär nicht ein bißchen Wärme ertragen können? Was braucht dieser Kleine herumzulaufen, um denen zu helfen, die keiner Hilfe bedürfen! Mich gelüstet nicht nach seiner Barmherzigkeit. Ich wünschte, daß er und alle, die ihm gleichen, nicht mehr auf dieser Welt wären.

Der Kleine kam sehr behutsam heran. Er hielt seine Finger fest zusammengepreßt, damit nichts verschüttet werde oder überlaufe. Während er sich dem Kriegsknecht näherte, hielt er die Augen ängstlich auf das kleine bißchen Wasser geheftet, das er mitbrachte, und sah also nicht, daß dieser mit tief gerunzelter Stirn und abweisenden Blicken dastand. Endlich blieb er dicht vor dem Legionär stehen und bot ihm das Wasser.

Im Gehen waren seine schweren, lichten Locken ihm immer tiefer in die Stirn und die Augen gefallen. Er schüttelte ein paarmal den Kopf, um das Haar zurückzuwerfen, damit er aufblicken könnte. Als ihm dies endlich gelang und er den harten Ausdruck in dem Gesichte des Kriegsknechts gewahrte, erschrak er gar nicht, sondern blieb stehen und lud ihn mit einem bezaubernden Lächeln ein, von dem Wasser zu trinken, das er mitbrachte. Aber der Kriegsknecht hatte keine Lust, eine Wohltat von diesem Kinde zu empfangen, das er als seinen Feind betrachtete. Er sah nicht hinab in sein schönes Gesicht, sondern stand starr und regungslos und machte nicht Miene, als verstünde er, was das Kind für ihn tun wollte.

Aber das Knäblein konnte gar nicht fassen, daß der andre es abweisen wollte. Es lächelte noch immer ebenso vertrauensvoll, stellte sich auf die Zehenspitzen und streckte die Hände so hoch in die Höhe, als es vermochte, damit der großgewachsene Soldat das Wasser leichter erreiche.

Der Legionär fühlte sich jedoch so verunglimpft dadurch, daß ein Kind ihm helfen wollte, daß er nach seiner Lanze griff, um den Kleinen in die Flucht zu jagen.

Aber nun begab es sich, daß gerade in demselben Augenblick die Hitze und der Sonnenschein mit solcher Heftigkeit auf den Kriegsknecht hereinbrachen, daß er rote Flammen vor seinen Augen lodern sah und fühlte, wie sein Gehirn im Kopfe schmolz. Er fürchtete, daß die Sonne ihn morden würde, wenn er nicht augenblicklich Linderung fände.

Und außer sich vor Schrecken über die Gefahr, in der er schwebte, schleuderte er die Lanze zu Boden, umfaßte mit beiden Händen das Kind, hob es empor und schlürfte soviel er konnte von dem Wasser, das es in den Händen hielt.

Es waren freilich nur ein paar Tropfen, die seine Zunge benetzten, aber mehr waren auch nicht vonnöten. Sowie er das Wasser gekostet hatte, durchrieselte wohlige Erquickung seinen Körper, und er fühlte Helm und Harnisch nicht mehr lasten und brennen. Die Sonnenstrahlen hatten ihre tödliche Macht verloren. Seine trockenen Lippen wurden wieder weich, und die roten Flammen tanzten nicht mehr vor seinen Augen.

Bevor er noch Zeit hatte, dies alles zu merken, hatte er das Kind schon zu Boden gestellt, und es lief wieder fort und spielte auf der Flur. Nun begann er erstaunt zu sich selber zu sagen: Was war dies für ein Wasser, das das Kind mir bot? Es war ein herrlicher Trank. Ich muß ihm wahrlich meine Dankbarkeit zeigen.

Aber da er den Kleinen haßte, schlug er sich diese Gedanken alsbald aus dem Sinn. Es ist ja nur ein Kind, dachte er, es weiß nicht, warum es so oder so handelt. Es spielt nur das Spiel, das ihm am besten gefällt. Findet es vielleicht Dankbarkeit bei den Bienen oder bei den Lilien? Um dieses Knäbleins willen brauche ich mir keinerlei Ungemach zu bereiten. Es weiß nicht einmal, daß es mir beigestanden hat.

Und er empfand womöglich noch mehr Groll gegen das Kind, als er ein paar Augenblicke später den Anführer der römischen Soldaten, die in Bethlehem lagen, durch das Tor kommen sah. Man sehe nur, dachte er, in welcher Gefahr ich durch den Einfall des Kleinen geschwebt habe! Wäre Voltigius nur um ein weniges früher gekommen, er hätte mich mit einem Kinde in den Armen dastehen sehen.

Der Hauptmann schritt jedoch gerade auf den Kriegsknecht zu und fragte ihn, ob sie hier miteinander sprechen könnten, ohne daß jemand sie belauschte. Er hätte ihm ein Geheimnis anzuvertrauen. »Wenn wir uns nur zehn Schritte von dem Tore entfernen«, antwortete der Kriegsknecht, »so kann uns niemand hören.«

»Du weißt«, sagte der Hauptmann, »daß König Herodes einmal ums andere versucht hat, sich eines Kindleins zu bemächtigen, das hier in Bethlehem aufwächst. Seine Seher und Priester haben ihm gesagt, daß dieses Kind seinen Thron besteigen werde, und außerdem haben sie prophezeit, daß der neue König ein tausendjähriges Reich des Friedens und der Heiligkeit gründen werde. Du begreifst also, daß Herodes ihn gerne unschädlich machen will.«

»Freilich begreife ich es«, sagte der Kriegsknecht eifrig, »das muß doch das Leichteste auf der Welt sein.«

»Es wäre allerdings sehr leicht«, sagte der Hauptmann, »wenn der König nur wüßte, welches von allen Kindern hier in Bethlehem gemeint ist.« Die Stirne des Kriegsknechts legte sich in tiefe Falten. »Es ist bedauerlich, daß seine Wahrsager ihm hierüber keinen Aufschluß geben können.«

»Jetzt aber hat Herodes eine List gefunden, durch die er glaubt, den jungen Friedensfürsten unschädlich machen zu können«, fuhr der Hauptmann fort. »Er verspricht jedem eine herrliche Gabe, der ihm hierin beistehen will.«

»Was immer Voltigius befehlen mag, es wird auch ohne Lohn oder Gabe vollbracht werden«, sagte der Soldat.

»Habe Dank«, sagte der Hauptmann. »Höre nun des Königs Plan! Er will den Jahrestag der Geburt seines jüngsten Sohnes durch ein Fest feiern, zu dem alle Knaben in Bethlehem, die zwischen zwei und drei Jahre alt sind, mit ihren Müttern geladen werden sollen. Und bei diesem Feste –« Er unterbrach sich und lachte, als er den Ausdruck des Abscheus sah, der sich auf dem Gesichte des Soldaten malte.

»Guter Freund«, fuhr er fort, »du brauchst nicht zu befürchten, daß Herodes uns als Kinderwärter verwenden will. Neige nun dein Ohr zu meinem Munde, so will ich dir seine Absichten anvertrauen.«

Der Hauptmann flüsterte lange mit dem Kriegsknecht, und als er ihm alles mitgeteilt hatte, fügte er hinzu:

»Ich brauche dir wohl nicht erst zu sagen, daß die strengste Verschwiegenheit nötig ist, wenn nicht das ganze Vorhaben mißlingen soll.«

»Du weißt, Voltigius, daß du dich auf mich verlassen kannst«, sagte der Kriegsknecht.

Als der Anführer sich entfernt hatte und der Kriegsknecht

wieder allein auf seinem Posten stand, sah er sich nach dem Kinde um. Das spielte noch immer unter den Blumen, und er ertappte sich bei dem Gedanken, daß es sie so leicht und anmutsvoll umschwebe wie ein Schmetterling.

Auf einmal fing der Krieger zu lachen an. »Ja, richtig«, sagte er, »dieses Kind wird mir nicht lange mehr ein Dorn im Auge sein. Es wird ja auch an jenem Abende zum Fest des Herodes geladen werden.«

Der Kriegsknecht harrte den ganzen Tag auf seinem Posten aus, bis der Abend anbrach und es Zeit wurde, die Stadttore für die Nacht zu schließen.

Als dies geschehen war, wanderte er durch schmale, dunkle Gäßchen zu einem prächtigen Palaste, den Herodes in Bethlehem besaß.

Im Innern dieses gewaltigen Palastes befand sich ein großer, steingepflasterter Hof, der von Gebäuden umkränzt war, an denen entlang drei offene Galerien liefen, eine über der anderen. Auf der obersten dieser Galerien sollte, so hatte es der König bestimmt, das Fest für die bethlehemitischen Kinder stattfinden.

Diese Galerie war, gleichfalls auf den ausdrücklichen Befehl des Königs, so umgewandelt, daß sie einem gedeckten Gange in einem herrlichen Lustgarten glich. Über die Decke schlangen sich Weinranken, von denen üppige Trauben herabhingen, und den Wänden und Säulen entlang standen kleine Granat- und Orangenbäumchen, die über und über mit reifen Früchten bedeckt waren. Der Fußboden war mit Rosenblättern bestreut, die dicht und weich lagen wie ein Teppich, und entlang der Balustrade, den Deckengesimsen, den Tischen und den niedrigen Ruhebetten, überall erstreckten sich Girlanden von weißen strahlenden Lilien.

In diesem Blumenhain standen hier und da große Marmorbassins, wo gold- und silberglitzernde Fischlein in durchsichtigem Wasser spielten. Auf den Bäumen saßen bunte Vögel aus fernen Ländern, und in einem Käfig hockte ein alter Rabe, der ohne Unterlaß sprach.

Zu Beginn des Festes zogen Kinder und Mütter in die Galerie ein. Die Kinder waren gleich beim Betreten des Palastes in weiße Gewänder mit Purpurborten gekleidet worden, und man hatte ihnen Rosenkränze auf die dunkellockigen Köpfchen gedrückt. Die Frauen kamen stattlich heran in ihren roten und blauen Gewändern und ihren weißen Schleiern, die von hohen kegelförmigen Kopfbedeckungen, mit Goldmünzen und Ketten besetzt, herniederwallten. Einige trugen ihr Kind hoch auf der Schulter sitzend, andere führten ihr Söhnlein an der Hand, und einige wieder, deren Kinder scheu und verschüchtert waren, hatten sie auf ihre Arme gehoben.

Die Frauen ließen sich auf dem Boden der Galerie nieder. Sowie sie Platz genommen hatten, kamen Sklaven herbei und stellten niedrige Tischchen vor sie hin, worauf sie auserlesene Speisen und Getränke stellten, so wie es sich bei dem Feste eines Königs geziemt. Und alle diese glücklichen Mütter begannen zu essen und zu trinken, ohne jene stolze anmutvolle Würde abzulegen, die die schönste Zier der bethlehemitischen Frauen ist.

Der Wand der Galerie entlang und beinahe von Blumengirlanden und fruchtbeladenen Bäumen verdeckt, waren doppelte Reihen von Kriegsknechten in voller Rüstung aufgestellt. Sie standen vollkommen regungslos, als hätten sie nichts mit dem zu schaffen, was rund um sie vorging. Die Frauen konnten es nicht lassen, bisweilen einen verwunderten Blick auf die Schar von Geharnischten zu werfen. »Wozu bedarf es ihrer?« flüsterten sie. »Meint Herodes, daß wir uns nicht zu betragen wüßten? Glaubt er, daß es einer solchen

Menge Kriegsknechte bedürfte, um uns im Zaume zu halten?«

Aber andere flüsterten zurück, daß es so wäre, wie es bei einem König sein müßte. Herodes selbst gäbe niemals ein Fest, ohne daß sein ganzes Haus von Kriegsknechten erfüllt wäre. Um sie zu ehren, stünden die bewaffneten Legionäre da und hielten Wacht in der Galerie.

Zu Beginn des Festes waren die kleinen Kinder scheu und unsicher und hielten sich still zu ihren Müttern. Aber bald begannen sie sich in Bewegung zu setzen und von den Herrlichkeiten Besitz zu ergreifen, die Herodes ihnen bot.

Es war ein Zauberland, das der König für seine kleinen Gäste geschaffen hatte. Als sie die Galerie durchwanderten, fanden sie Bienenkörbe, deren Honig sie plündern konnten, ohne daß eine einzige erzürnte Biene sie daran hinderte. Sie fanden Bäume, die mit sanftem Neigen ihre fruchtbeladenen Zweige zu ihnen heruntersenkten. Sie fanden in einer Ecke Zauberkünstler, die in einem Nu ihre Taschen voll Spielzeug zauberten, und in einem andern Winkel der Galerie einen Tierbändiger, der ihnen ein paar Tiger zeigte, so zahm, daß sie auf ihrem Rücken reiten konnten. Aber in diesem Paradiese mit allen seinen Wonnen gab es doch nichts, was den Sinn der Kleinen so angezogen hätte wie die lange Reihe von Kriegsknechten, die unbeweglich an der einen Seite der Galerie standen. Ihre Blicke wurden von den glänzenden Helmen gefesselt, von den strengen, stolzen Gesichtern, von den kurzen Schwertern, die in reichverzierten Scheiden staken.

Während sie miteinander spielten und tollten, dachten sie doch unablässig an die Kriegsknechte. Sie hielten sich noch fern von ihnen, aber sie sehnten sich danach, ihnen nahe zu kommen, zu sehen, ob sie lebendig wären und sich wirklich bewegen könnten.

Das Spiel und die Festesfreude steigerten sich mit jedem Augenblicke, aber die Soldaten standen noch immer regungslos. Es erschien den Kleinen unfaßlich, daß Menschen so nah bei diesen Trauben und allen diesen Leckerbissen stehen konnten, ohne die Hand auszustrecken und danach zu greifen.

Endlich konnte einer der Knaben seine Neugierde nicht länger bemeistern. Er näherte sich behutsam, zu rascher Flucht bereit, einem der Geharnischten, und da der Soldat noch immer regungslos blieb, kam er immer näher. Schließlich war er ihm so nahe, daß er nach seinen Sandalenriemen und seinen Beinschienen tasten konnte.

Da, als wäre dies ein unerhörtes Verbrechen gewesen, setzten sich mit einem Male alle diese Eisenmänner in Bewegung. In unbeschreiblicher Raserei stürzten sie sich auf die Kinder und packten sie. Einige schwangen sie über ihre Köpfe wie Wurfgeschosse und schleuderten sie zwischen den Lampen und Girlanden über die Balustrade der Galerie hinunter zu Boden, wo sie auf den Marmorfliesen zerschellten. Einige zogen ihr Schwert und durchbohrten die Herzen der Kinder, andere wieder zerschmetterten ihre Köpfe an der Wand, ehe sie sie auf den nächtlichen dunklen Hof warfen.

Im ersten Augenblick nach dem Vorfall herrschte Totenstille. Die kleinen Körper schwebten noch in der Luft, die Frauen waren vor Entsetzen versteinert. Aber auf einmal erwachten alle diese Unglücklichen zum Verständnis dessen, was geschehen war, und mit einem einzigen entsetzten Schrei stürzten sie auf die Schergen.

Auf der Galerie waren noch Kinder, die beim ersten Anfall nicht eingefangen worden waren. Die Kriegsknechte jagten sie, und ihre Mütter warfen sich vor ihnen nieder und umfaßten mit bloßen Händen die blanken Schwerter, um den Todesstreich abzuwenden. Einige Frauen, deren Kinder schon tot waren, stürzten sich auf die Kriegsknechte, packten sie an der Kehle und versuchten Rache für ihre Kleinen zu nehmen, indem sie deren Mörder erdrosselten.

In dieser wilden Verwirrung, während grauenvolle Schreie durch den Palast hallten und die grausamsten Bluttaten verübt wurden, stand der Kriegsknecht, der am Stadttor Wache zu halten pflegte, ohne sich zu regen, am obersten Absatz der Treppe, die von der Galerie hinunterführte. Er nahm nicht am Kampfe und am Morden teil; nur gegen die Frauen, denen es gelungen war, ihre Kinder an sich zu reißen, und die nun versuchten, mit ihnen die Treppe hinunterzufliehen, erhob er das Schwert, und sein bloßer Anblick, wie er da düster und unerbittlich stand, war so schrecklich, daß die Fliehenden sich lieber die Balustrade hinunterstürzten oder in das Streitgewühl zurückkehrten, als daß sie sich der Gefahr ausgesetzt hätten, sich an ihm vorbeizudrängen.

Voltigius hat wahrlich recht daran getan, mir diesen Posten zuzuweisen, dachte der Kriegsknecht. Ein junger, unbedachter Krieger hätte seinen Posten verlassen und sich in das Gewühl gestürzt. Hätte ich mich von hier fortlocken lassen, so wären mindestens ein Dutzend Kinder entwischt.

Während er so dachte, fiel sein Blick auf ein junges Weib, das sein Kind an sich gerissen hatte und jetzt in eiliger Flucht auf ihn zugestürzt kam. Keiner der Legionäre, an denen sie vorbeieilen mußte, konnte ihr den Weg versperren, weil sie sich in vollem Kampfe mit andern Frauen befanden, und so war sie bis zum Ende der Galerie gelangt.

Sieh da, eine, die drauf und dran ist, glücklich zu entwischen! dachte der Kriegsknecht. Weder sie noch das Kind ist verwundet. Stünd' ich jetzt nicht hier –

Die Frau stürzte so rasch auf den Kriegsknecht zu, als ob

56

sie flöge, und er hatte nicht Zeit, ihr Gesicht oder das des Kindes deutlich zu sehen. Er streckte nur das Schwert gegen sie aus, und mit dem Kinde in ihren Armen stürzte sie darauf zu. Er erwartete, sie im nächsten Augenblicke mit dem Kinde durchbohrt zu Boden sinken zu sehen.

Doch in demselben Augenblick hörte der Soldat ein zorniges Summen über seinem Haupte, und gleich darauf fühlte er einen heftigen Schmerz in einem Auge. Der war so scharf und peinvoll, daß er ganz verwirrt und betäubt ward, und das Schwert fiel aus seiner Hand auf den Boden.

Er griff mit der Hand ans Auge, faßte eine Biene und begriff, daß, was ihm den entsetzlichen Schmerz verursacht hatte, nur der Stachel des kleinen Tieres gewesen war. Blitzschnell bückte er sich nach dem Schwerte, in der Hoffnung, daß es noch nicht zu spät wäre, die Fliehenden aufzuhalten.

Aber das kleine Bienlein hatte seine Sache sehr gut gemacht. In der kurzen Zeit, für die es den Kriegsknecht geblendet hatte, war es der jungen Mutter gelungen, an ihm vorüber die Treppe hinunterzustürzen, und obschon er ihr in aller Hast nacheilte, konnte er sie nicht mehr finden. Sie war verschwunden, und in dem ganzen großen Palaste konnte sie niemand entdecken.

Am nächsten Morgen stand der Kriegsknecht mit einigen seiner Kameraden dicht vor dem Stadttore Wache. Es war früh am Tage und die schweren Tore waren eben erst geöffnet worden. Aber es war, als ob niemand darauf gewartet hätte, daß sie sich an diesem Morgen auftun sollten, denn keine Scharen von Feldarbeitern strömten aus der Stadt, wie es sonst am Morgen der Brauch war. Alle Einwohner von Bethlehem waren so starr vor Entsetzen über das Blutbad in der Nacht, daß niemand sein Heim zu verlassen wagte.

»Bei meinem Schwerte«, sagte der Soldat, wie er da stand und in die enge Gassse hinunterblickte, die zu dem Tore führte, »ich glaube, daß Voltigius einen unklugen Entschluß gefaßt hat. Es wäre besser gewesen, die Tore zu verschließen und jedes Haus der Stadt durchsuchen zu lassen, bis er den Knaben gefunden hätte, dem es gelang, bei dem Feste zu entkommen.

Voltigius rechnet darauf, daß seine Eltern versuchen werden, ihn von hier fortzuführen, sobald sie erfahren, daß die Tore offenstehen, und er hofft auch, daß ich ihn gerade hier im Tore fangen werde. Aber ich fürchte, daß dies keine kluge Berechnung ist. Wie leicht kann es ihnen gelingen, ein Kind zu verstecken!« Und er erwog, ob sie wohl versuchen würden, das Kind in dem Obstkorb eines Esels zu verbergen oder in einem ungeheuren Ölkrug oder unter den Kornballen einer Karawane.

Während er so stand und wartete, daß man versuche, ihn dergestalt zu überlisten, erblickte er einen Mann und eine Frau, die eilig die Gasse heraufschritten und sich dem Tore näherten. Sie gingen rasch und warfen ängstliche Blicke hinter sich, als wären sie auf der Flucht vor irgendeiner Gefahr. Der Mann hielt eine Axt in der Hand und umklammerte sie mit festem Griff, als wäre er entschlossen, sich mit Gewalt einen Weg zu bahnen, wenn jemand sich ihm entgegenstellte.

Aber der Kriegsknecht sah nicht so sehr den Mann an als die Frau. Er sah, daß sie ebenso hochgewachsen war wie die junge Mutter, die ihm am Abend vorher entkommen war. Er bemerkte auch, daß sie ihren Rock über den Kopf geworfen trug. Sie trägt ihn vielleicht so, dachte er, um zu verbergen, daß sie ein Kind im Arm hält.

Je näher sie kamen, desto deutlicher sah der Kriegsknecht das Kind, das die Frau auf dem Arme trug, sich unter dem

58

gehobenen Kleide abzeichnen. Ich bin sicher, daß sie es ist, die mir gestern abend entschlüpfte, dachte er. Ich konnte ihr Gesicht freilich nicht sehen, aber ich erkenne die hohe Gestalt wieder. Und da kommt sie nun mit dem Kinde auf dem Arm, ohne auch nur zu versuchen, es verborgen zu halten. Wahrlich, ich hatte nicht gewagt, auf einen solchen Glücksfall zu hoffen.

Der Mann und die Frau setzten ihre hurtige Wanderung bis zum Stadttor fort. Sie hatten offenbar nicht erwartet, daß man sie hier aufhalten würde, sie zuckten vor Schrecken zusammen, als der Kriegsknecht seine Lanze vor ihnen fällte und ihnen den Weg versperrte.

»Warum verwehrst du uns, ins Feld hinaus an unsre Arbeit zu gehen?« fragte der Mann.

»Du kannst gleich gehen«, sagte der Soldat, »ich muß vorher nur sehen, was dein Weib unter dem Kleide verborgen hält.«

»Was ist daran zu sehen?« sagte der Mann. »Es ist nur Brot und Wein, wovon wir den Tag über leben müssen.«

»Du sprichst vielleicht die Wahrheit«, sagte der Soldat, »aber wenn es so ist, warum läßt sie mich nicht gutwillig sehen, was sie trägt?«

»Ich will nicht, daß du es siehst«, sagte der Mann. »Und ich rate dir, daß du uns vorbei läßt.«

Damit erhob der Mann die Axt, aber die Frau legte die Hand auf seinen Arm.

»Lasse dich nicht in Streit ein!« bat sie. »Ich will etwas andres versuchen. Ich will ihn sehen lassen, was ich trage, und ich bin gewiß, daß er ihm nichts zuleide tun kann.«

Und mit einem stolzen und vertrauenden Lächeln wendete sie sich dem Soldaten zu und lüftete einen Zipfel ihres Kleides.

In demselben Augenblick prallte der Soldat zurück und schloß die Augen, wie von einem starken Glanze geblendet. Was die Frau unter ihrem Kleide verborgen hielt, strahlte ihm so blendendweiß entgegen, daß er zuerst gar nicht wußte, was er sah.

»Ich glaubte, du hieltest ein Kind im Arme«, sagte er.

»Du siehst, was ich trage«, erwiderte die Frau. Da endlich sah der Soldat, daß, was so blendete und leuchtete, nur ein Büschel weißer Lilien war, von derselben Art, wie sie draußen auf dem Felde wuchsen. Aber ihr Glanz war viel reicher und strahlender. Er konnte es kaum ertragen, sie anzusehen.

Er streckte seine Hand zwischen die Blumen. Er konnte den Gedanken nicht loswerden, daß es ein Kind sein müsse, was die Frau da trug, aber er fühlte nur die weichen Blumenblätter.

Er war bitter enttäuscht und hätte in seinem Zornesmute gern den Mann und die Frau gefangengenommen, aber er sah ein, daß er für ein solches Verfahren keinen Grund ins Treffen führen konnte.

Als die Frau seine Verwirrung sah, sagte sie: »Willst du uns nicht ziehen lassen?«

Der Kriegsknecht zog stumm die Lanze zurück, die er vor die Toröffnung gehalten hatte, und trat dann zur Seite.

Aber die Frau zog ihr Kleid wieder über die Blumen und betrachtete gleichzeitig, was sie auf ihrem Arme trug, mit holdseligem Lächeln. »Ich wußte, du würdest ihm nichts zuleide tun können, wenn du es nur sähest«, sagte sie zu dem Kriegsknechte.

Hierauf eilten sie von dannen, aber der Kriegsknecht blieb stehen und blickte ihnen nach, solange sie noch zu sehen waren.

Und während er ihnen mit den Blicken folgte, deuchte es

ihn wieder ganz sicher, daß sie kein Büschel Lilien im Arm trüge, sondern ein wirkliches, lebendiges Kind.

Indes er noch so stand und den beiden Wanderern nachsah, hörte er von der Straße her laute Rufe. Es waren Voltigius und einige seiner Männer, die herbeigeeilt waren.

»Halte sie auf!« riefen sie. »Schließe das Tor vor ihnen! Lasse sie nicht entkommen!«

Und als sie bei dem Kriegsknecht angelangt waren, erzählten sie, daß sie die Spur des entronnenen Knaben gefunden hätten. Sie hätten ihn nun in seiner Behausung gesucht, aber da wäre er wieder entflohen. Sie hätten seine Eltern mit ihm fortgehen sehen. Der Vater wäre ein starker, graubärtiger Mann, der eine Axt trüge, die Mutter eine hochgewachsene Frau, die das Kind unter den hinaufgenommenen Rockfalten verborgen hielte.

In demselben Augenblick, wo Voltigius dies erzählte, kam ein Beduine auf einem guten Pferde zum Tore hereingeritten. Ohne ein Wort zu sagen, stürzte der Kriegsknecht auf den Reiter zu. Er riß ihn mit Gewalt vom Pferde herunter und warf ihn zu Boden. Und mit einem Satze war er selbst auf dem Pferde und sprengte den Weg entlang.

Ein paar Tage darauf ritt der Kriegsknecht durch die furchtbare Bergwüste, die sich über den südlichen Teil von Judäa erstreckt. Er verfolgte noch immer die drei Flüchtlinge aus Bethlehem, und er war außer sich, daß diese fruchtlose Jagd niemals ein Ende nahm.

»Es sieht wahrlich aus, als wenn diese Menschen die Gabe hätten, in den Erdboden zu versinken«, murrte er. »Wie viele Male bin ich ihnen in diesen Tagen so nahe gewesen, daß ich dem Kinde gerade meine Lanze nachschleudern wollte, und dennoch sind sie mir entkommen! Ich fange zu glauben an, daß ich sie nie und nimmer einholen werde.«

Er fühlte sich mutlos wie einer, der zu merken glaubte, daß er gegen etwas Übermächtiges ankämpfe. Er fragte sich, ob es möglich sei, daß die Götter diese Menschen vor ihm beschützten.

»Es ist alles vergebliche Mühe. Besser, ich kehre um, ehe ich vor Hunger und Durst in dieser öden Wildnis vergehe!« sagte er einmal ums andere zu sich selber.

Aber dann packte ihn die Furcht davor, was ihn bei der Heimkehr erwartete, wenn er unverrichteterdinge zurückkäme. Er war es, der nun schon zweimal das Kind hatte entkommen lassen. Es war nicht wahrscheinlich, daß Voltigius oder Herodes ihm so etwas verzeihen würde.

»Solange Herodes weiß, daß eins von Bethlehems Kindern noch lebt, wird er immer unter derselben Angst leiden«, sagte der Kriegsknecht. »Das wahrscheinlichste ist, daß er versuchen wird, seine Qualen dadurch zu lindern, daß er mich ans Kreuz schlagen läßt.«

Es war eine heiße Mittagsstunde, und er litt furchtbar auf dem Ritt durch diese baumlose Felsgegend, auf einem Wege, der sich durch tiefe Talklüfte schlängelte, wo kein Lüftchen sich regte. Pferd und Reiter waren dem Umstürzen nahe.

Seit mehreren Stunden hatte der Kriegsknecht jede Spur von den Fliehenden verloren, und er fühlte sich mutloser denn je.

Ich muß es aufgeben, dachte er. Wahrlich, ich glaube nicht, daß es der Mühe lohnt, sie weiter zu verfolgen. Sie müssen in dieser furchtbaren Wüstenei ja so oder so zugrunde gehen.

Während er diesen Gedanken nachhing, gewahrte er in einer Felswand, die sich nahe dem Wege erhob, den gewölbten Eingang einer Grotte.

Sogleich lenkte er sein Pferd zu der Grottenöffnung. Ich will ein Weilchen in der kühlen Felshöhle rasten, dachte er.

Vielleicht kann ich dann die Verfolgung mit frischer Kraft aufnehmen.

Als er gerade in die Grotte treten wollte, wurde er von etwas Seltsamen überrascht. Zu beiden Seiten des Eingangs wuchsen zwei schöne Lilienstauden. Sie standen hoch und aufrecht, voller Blüten. Sie verbreiteten einen berauschenden Honigduft, und eine Menge Bienen umschwärmten sie.

Dies war ein so ungewohnter Anblick in dieser Wüste, daß der Kriegsknecht etwas Wunderliches tat. Er brach eine große weiße Blume und nahm sie in die Felshöhle mit.

Die Grotte war weder tief noch dunkel, und sowie er unter ihre Wölbung trat, sah er, daß schon drei Wanderer da weilten. Es waren ein Mann, eine Frau und ein Kind, die ausgestreckt auf dem Boden lagen, in tiefen Schlummer gesunken.

Niemals hatte der Kriegsknecht sein Herz so pochen fühlen wie bei diesem Anblick. Es waren gerade die drei Flüchtlinge, denen er so lange nachgejagt war. Er erkannte sie alsogleich. Und hier lagen sie schlafend, außerstande, sich zu verteidigen, ganz und gar in seiner Gewalt.

Sein Schwert fuhr rasselnd aus der Scheide, und er beugte sich hinunter über das schlummernde Kind.

Behutsam senkte er das Schwert zu seinem Herzen und zielte genau, um es mit einem einzigen Stoße aus der Welt schaffen zu können.

Mitten im Zustoßen hielt er einen Augenblick inne, um das Gesicht des Kindes zu sehen. Nun er sich des Sieges sicher wußte, war es ihm eine grausame Wollust, sein Opfer zu betrachten.

Aber als er das Kind sah, da war seine Freude womöglich noch größer, denn er erkannte das kleine Knäblein wieder, das er mit Bienen und Lilien auf dem Felde vor dem Stadttore hatte spielen sehen.

Ja, gewiß, dachte er, das hätte ich schon längst begreifen sollen. Darum habe ich dieses Kind immer gehaßt. Es ist der verheißene Friedensfürst.

Er senkte das Schwert wieder, indes er dachte: Wenn ich den Kopf dieses Kindes vor Herodes niederlege, wird er mich zum Anführer seiner Leibwache machen. Während er die Schwertspitze dem Schlafenden immer näher brachte, sprach er voll Freude zu sich selber: »Diesmal wenigstens wird niemand dazwischenkommen und ihn meiner Gewalt entreißen!«

Aber der Kriegsknecht hielt noch die Lilie in der Hand, die er am Eingang der Grotte gepflückt hatte, und während er so dachte, flog eine Biene, die in ihrem Kelch verborgen gewesen war, zu ihm auf und umkreiste summend einmal ums andere seinen Kopf.

Der Kriegsknecht zuckte zusammen. Er erinnerte sich auf einmal der Bienen, denen das Knäblein beigestanden hatte, und ihm fiel ein, daß es eine Biene gewesen war, die dem Kinde geholfen hatte, vom Gastmahl des Herodes zu entrinnen.

Dieser Gedanke versetzte ihn in Staunen. Er hielt das Schwert still und blieb stehen und horchte auf die Biene.

Nun hörte er das Summen des kleinen Tierchens nicht mehr. Aber während er so ganz still stand, atmete er den starken süßen Duft ein, der von der Lilie ausströmte, die er in der Hand hielt.

Da mußte er an die Lilien denken, denen das Knäblein beigestanden hatte, und er erinnerte sich, daß es ein Büschel Lilien war, die das Kind vor seinen Blicken verborgen und ihm geholfen hatten, durch das Stadttor zu entkommen.

Er wurde immer gedankenvoller, und er zog das Schwert an sich.

»Die Biene und die Lilien haben ihm seine Wohltaten vergolten«, flüsterte er sich selber zu.

Er mußte daran denken, daß der Kleine einmal auch ihm eine Wohltat erwiesen hatte, und eine tiefe Röte stieg in sein Gesicht. »Kann ein römischer Legionär vergessen, einen empfangenen Dienst zu vergelten?« flüsterte er.

Er kämpfte einen kurzen Kampf mit sich selbst. Er dachte an Herodes und an seine eigene Lust, den jungen Friedensfürsten zu vernichten.

»Es steht mir nicht wohl an, dieses Kind zu töten, das mir das Leben gerettet hat«, sagte er schließlich.

Und er beugte sich nieder und legte sein Schwert neben das Kind, damit die Flüchtlinge beim Erwachen erführen, welcher Gefahr sie entgangen waren.

Da sah er, daß das Kind wach war. Es lag und sah ihn mit seinen schönen Augen an, die gleich Sternen leuchteten.

Und der Kriegsknecht beugte sein Knie vor dem Kinde. »Herr, du bist der Mächtigste«, sagte er. »Du bist der starke Sieger. Du bist der, den die Götter lieben. Du bist der, der auf Schlangen und Skorpione treten kann.« Er küßte seine Füße und ging dann sacht aus der Grotte, indes der Kleine dalag und ihm mit großen, erstaunten Kinderaugen nachsah.

Die Flucht nach Ägypten

Fern in einer der Wüsten des Morgenlandes wuchs vor vielen, vielen Jahren eine Palme, die ungeheuer alt und ungeheuer hoch war. Alle, die durch die Wüste zogen, mußten stehenbleiben und sie betrachten, denn sie war viel größer als andre Palmen, und man pflegte von ihr zu sagen, daß sie sicherlich höher werden würde als Obelisken und Pyramiden.

Wie nun diese große Palme in ihrer Einsamkeit dastand und hinaus über die Wüste schaute, sah sie eines Tages etwas, was sie dazu brachte, ihre gewaltige Blätterkrone vor Staunen auf dem schmalen Stamme hin und her zu wiegen. Dort am Wüstenrande kamen zwei einsame Menschen herangewandert. Sie waren noch in der Entfernung, in der Kamele so klein wie Ameisen erscheinen. Aber es waren sicherlich zwei Menschen.

Zwei, die Fremdlinge in der Wüste waren, denn die Palme kannte das Wüstenvolk, ein Mann und ein Weib, die weder Wegweiser noch Lasttiere hatten, weder Zelte noch Wassersäcke.

»Wahrlich«, sagte die Palme zu sich selbst, »diese beiden sind hergekommen, um zu sterben.«

Die Palme warf rasche Blicke um sich.

»Es wundert mich«, fuhr sie fort, »daß die Löwen nicht schon zur Stelle sind, um diese Beute zu erjagen. Aber ich sehe keinen einzigen in Bewegung. Auch keinen Räuber der Wüste sehe ich. Aber sie kommen wohl noch.«

»Ihrer harret ein siebenfältiger Tod«, dachte die Palme

weiter. »Die Löwen werden sie verschlingen, die Schlangen sie stechen, der Durst wird sie vertrocknen, der Sandsturm sie begraben, die Räuber werden sie fällen, der Sonnenstich wird sie verbrennen, die Furcht sie vernichten.«

Und sie versuchte, an etwas andres zu denken. Dieser Menschen Schicksal stimmte sie wehmütig. Aber im ganzen Umkreis der Wüste, die unter der Palme ausgebreitet lag, fand sie nichts, was sie nicht schon seit Tausenden von Jahren gekannt und betrachtet hätte. Nichts konnte ihre Aufmerksamkeit fesseln. Sie mußte wieder an die beiden Wanderer denken.

»Bei der Dürre und dem Sturme!« sagte sie, des Lebens gefährlichste Feinde anrufend, »was ist es, was dieses Weib auf dem Arme trägt? Ich glaube gar, diese Toren führen auch ein kleines Kind mit sich.«

Die Palme, die weitsichtig war, wie es die Alten zu sein pflegten, sah wirklich richtig. Die Frau trug auf dem Arme ein Kind, das den Kopf an ihre Schulter gelehnt hatte und schlief.

»Das Kind ist nicht einmal hinlänglich bekleidet«, fuhr die Palme fort. »Ich sehe, daß die Mutter ihren Rock aufgehoben und es damit eingehüllt hat. Sie hat es in großer Hast aus seinem Bette gerissen und ist mit ihm fortgestürzt. Jetzt verstehe ich alles: Diese Menschen sind Flüchtlinge –«

»Aber dennoch sind sie Toren«, fuhr die Palme fort. »Wenn nicht ein Engel sie beschützt, hätten sie lieber die Feinde ihr Schlimmstes tun lassen sollen, statt sich hinaus in die Wüste zu begeben. Ich kann mir denken, wie alles zugegangen ist. Der Mann stand bei der Arbeit, das Kind schlief in der Wiege, die Frau war ausgegangen, um Wasser zu holen. Als sie zwei Schritte vor die Tür gemacht hatte, sah sie die Feinde angestürmt kommen. Sie ist zurückgestürzt, sie hat das Kind an sich gerissen, dem Manne zugerufen, er solle ihr folgen, und ist aufgebrochen. Dann sind sie tagelang auf der Flucht gewesen, sie haben ganz gewiß keinen Augenblick geruht. Ja, so ist alles zugegangen, aber ich sage dennoch, wenn nicht ein Engel sie beschützt – – –

Sie sind so erschrocken, daß sie weder Müdigkeit noch andre Leiden fühlen können, aber ich sehe, wie der Durst aus ihren Augen leuchtet. Ich kenne doch wohl das Gesicht eines dürstenden Menschen.«

Und als die Palme an den Durst dachte, ging ein krampfhaftes Zucken durch ihren langen Stamm, und die zahllosen Spitzen ihrer langen Blätter rollten sich zusammen, als würden sie über ein Feuer gehalten.

»Wäre ich ein Mensch«, sagte sie, »ich würde mich nie in die Wüste hinauswagen. Der ist gar mutig, der sich hierherwagt, ohne Wurzeln zu haben, die hinunter zu den niemals versiegenden Wasseradern dringen. Hier kann es gefährlich sein, selbst für Palmen. Selbst für eine solche Palme wie mich.

Wenn ich ihnen raten könnte, ich würde sie bitten umzukehren. Ihre Feinde können niemals so grausam gegen sie sein, wie die Wüste. Vielleicht glauben sie, daß es leicht sei, in der Wüste zu leben. Aber ich weiß, daß es selbst mir zuweilen schwergefallen ist, am Leben zu bleiben. Ich weiß noch, wie einmal in meiner Jugend ein Sturmwind einen ganzen Berg Sand über mich schüttete. Ich war daran, zu ersticken. Wenn ich hätte sterben können, wäre dies meine letzte Stunde gewesen.«

Die Palme fuhr fort, laut zu denken, wie alte Einsiedler zu tun pflegen.

»Ich höre ein wunderbar melodisches Rauschen durch meine Krone eilen«, sagte sie. »Die Spitzen aller meiner Blätter müssen in Schwingungen beben. Ich weiß nicht, was mich beim Anblick dieser armen Fremdlinge durchfährt. Aber dieses betrübte Weib ist so schön. Sie bringt mir das Wunderbarste, das ich erlebt, wieder in Erinnerung.« Und während die Blätter fortfuhren, sich in einer rauschenden Melodie zu regen, dachte die Palme daran, wie einmal, vor sehr langer Zeit, zwei strahlende Menschen Gäste der Oase gewesen waren. Es war die Königin von Saba, die hierhergekommen war, mit ihr der weise Salomo. Die schöne Königin wollte wieder heimkehren in ihr Land, der König hatte sie ein Stück Weges geleitet, und nun wollten sie sich trennen. – »Zur Erinnerung an diese Stunde«, sagte da die Königin, »pflanze ich einen Dattelkern in die Erde, und ich will, daß daraus eine Palme werde, die wachsen und leben soll, bis im Lande Juda ein König ersteht, der größer ist als Salomo.« Und als sie dies gesagt hatte, senkte sie den Kern in die Erde, und ihre Tränen netzten ihn.

»Woher mag es kommen, daß ich just heute daran denke?« fragte sich die Palme. »Sollte diese Frau so schön sein, daß sie mich an die herrlichste der Königinnen erinnert, an sie, auf deren Wort ich erwachsen bin und gelebt habe bis zum heutigen Tage?

Ich höre meine Blätter immer stärker rauschen«, sagte die Palme, »und es klingt wehmütig wie ein Totengesang. Es ist, als weissagten sie, daß jemand bald aus dem Leben scheiden müsse. Es ist gut zu wissen, daß es nicht mir gilt, da ich nicht sterben kann.«

Die Palme nahm an, daß das Todesrauschen in ihren Blättern den beiden einsamen Wanderern gelten müsse. Sicherlich glaubten auch diese selbst, daß ihre letzte Stunde nahe. Man sah es an dem Ausdruck ihrer Züge, als sie an einem der Kamelskelette vorüberwanderten, die den Weg

umgrenzten. Man sah es an den Blicken, die sie ein paar vor-
überfliegenden Geiern nachsandten. Es konnte ja gar nicht
anders sein. Sie waren verloren.

Sie hatten die Palme und die Oase erblickt und eilten nun
darauf zu, um Wasser zu finden. Aber als sie endlich herankam-
men, sanken sie in Verzweiflung zusammen, denn die Quelle
war ausgetrocknet. Das ermattete Weib legte das Kind nieder
und setzte sich weinend an den Rand der Quelle. Der Mann
warf sich neben ihr hin, er lag und hämmerte mit beiden Fäusten auf die trockene Erde. Die Palme hörte, wie sie miteinander davon sprachen, daß sie sterben müßten.

Sie hörte auch aus ihren Reden, daß der König Herodes
alle Kindlein im Alter von zwei und drei Jahren hatte töten
lassen, aus Furcht, daß der große, erwartete König der Juden
geboren sein könnte.

»Es rauscht immer mächtiger in meinen Blättern«, dachte
die Palme. »Diesen armen Flüchtlingen schlägt bald ihr letztes Stündlein.«

Sie vernahm auch, daß die beiden die Wüste fürchteten.
Der Mann sagte, es wäre besser gewesen, zu bleiben und mit
den Kriegsknechten zu kämpfen, statt zu fliehen. Sie hätten
so einen leichteren Tod gefunden.

»Gott wird uns beistehen«, sagte die Frau.

»Wir sind einsam unter Raubtieren und Schlangen«, sagte
der Mann. »Wir haben nicht Speise und Trank. Wie soll Gott
uns beistehen können?« Er zerriß seine Kleider in Verzweiflung und drückte sein Gesicht auf den Boden. Er war hoff-
nungslos, wie ein Mann mit einer Todeswunde im Herzen.

Die Frau saß aufrecht, die Hände über den Knien gefaltet.
Doch die Blicke, die sie über die Wüste warf, sprachen von
einer Trostlosigkeit ohne Grenzen.

Die Palme hörte, wie das wehmütige Rauschen in ihren

Blättern immer stärker wurde. Die Frau mußte es auch gehört haben, denn sie hob die Augen zur Baumkrone auf. Und zugleich erhob sie unwillkürlich ihre Arme und Hände.

»O Datteln, Datteln!« rief sie.

Es lag so große Sehnsucht in der Stimme, daß die alte Palme wünschte, sie wäre nicht höher als der Ginsterbusch und ihre Datteln so leicht erreichbar wie die Hagebutten des Dornenstrauches. Sie wußte wohl, daß ihre Krone voll von Dattelbüscheln hing, aber wie sollten wohl Menschen zu so schwindelnder Höhe hinaufreichen?

Der Mann hatte schon gesehen, wie unerreichbar hoch die Datteln hingen. Er hob nicht einmal den Kopf. Er bat nur die Frau, sich nicht nach dem Unmöglichen zu sehnen.

Aber das Kind, das für sich selbst umhergetrippelt war und mit Hälmchen und Gräsern gespielt hatte, hatte den Ausruf der Mutter gehört.

Der Kleine konnte sich wohl nicht denken, daß seine Mutter nicht alles bekommen könnte, was sie sich wünschte. Sowie man von Datteln sprach, begann er den Baum anzugukken. Er sann und grübelte, wie er die Datteln herunterbekommen sollte. Seine Stirn legte sich beinah in Falten unter dem hellen Gelock. Endlich huschte ein Lächeln über sein Antlitz. Er hatte das Mittel herausgefunden. Er ging auf die Palme zu und streichelte sie mit seiner kleinen Hand und sagte mit einer süßen Kinderstimme:

»Palme, beuge dich! Palme, beuge dich!«

Aber, was war das nur? Was war das? Die Palmenblätter rauschten, als wäre ein Orkan durch sie gefahren, und den langen Palmenstamm hinauf lief Schauer um Schauer. Und die Palme fühlte, daß der Kleine Macht über sie hatte. Sie konnte ihm nicht widerstehen.

Und sie beugte sich mit ihrem hohen Stamme vor dem

Kinde, wie Menschen sich vor Fürsten beugen. In einem gewaltigen Bogen senkte sie sich zur Erde und kam endlich so tief herunter, daß die Krone mit den bebenden Blättern über den Wüstensand fegte.

Das Kind schien weder erschrocken noch erstaunt zu sein, sondern mit einem Freudenrufe kam es und pflückte Traube um Traube aus der Krone der alten Palme.

Als das Kind genug genommen hatte und der Baum noch immer auf der Erde lag, ging es wieder heran und liebkoste ihn und sagte mit der holdesten Stimme:

»Palme, erhebe dich! Palme, erhebe dich!«

Und der große Baum erhob sich still und ehrfürchtig auf seinem biegsamen Stamm, indes die Blätter gleich Harfen spielten.

»Jetzt weiß ich, für wen sie die Todesmelodie spielen«, sagte die alte Palme zu sich selbst, als sie wieder aufrecht stand. »Nicht für einen von diesen Menschen.«

Aber der Mann und das Weib lagen auf den Knien und lobten Gott.

»Du hast unsre Angst gesehen und sie von uns genommen. Du bist der Starke, der den Stamm der Palme beugt wie schwankes Rohr. Vor welchem Feinde sollten wir erbeben, wenn deine Stärke uns schützt?«

Als die nächste Karawane durch die Wüste zog, sahen die Reisenden, daß die Blätterkrone der großen Palme verwelkt war.

»Wie kann das zugehen?« sagte ein Wanderer. »Diese Palme sollte ja nicht sterben, bevor sie einen König gesehen hätte, der größer wäre als Salomo.«

»Vielleicht hat sie ihn gesehen«, antwortete ein anderer von den Würstenfahrern.

Unser Herr und der heilige Petrus

Es war um die Zeit, als unser Herr und der heilige Petrus eben ins Paradies gekommen waren, nachdem sie während vieler Jahre der Betrübnis auf Erden umhergewandert waren und manches erlitten hatten.

Man kann sich denken, daß dies eine Freude für Sankt Petrus war. Man kann sich denken, daß es ein ander Ding war, auf dem Berge des Paradieses zu sitzen und über die Welt hinauszusehen, denn als Bettler von Tür zu Tür wandern. Es war ein ander Ding, in den Lustgärten des Paradieses umherzuschlendern, als auf Erden einherzugehen und nicht zu wissen, ob man in stürmischer Nacht Obdach bekäme oder ob man genötigt sein würde, draußen auf der Landstraße in Kälte und Dunkel weiterzuwandern.

Man muß nur bedenken, welche Freude es gewesen sein muß, nach solcher Reise endlich an den rechten Ort zu kommen. Er hatte wohl nicht immer so sicher sein können, daß alles ein gutes Ende nehmen würde. Er hatte es nicht lassen können, zu zweifeln und unruhig zu sein, denn es war ja für Sankt Petrus, den Armen, beinahe unmöglich gewesen, zu begreifen, wozu es dienen solle, daß sie ein so schweres Dasein hatten, wenn unser Heiland der Herr der Welt war.

Und nun sollte nie mehr die Sehnsucht kommen und ihn quälen. Man darf wohl glauben, daß er froh darüber war.

Nun konnte er förmlich darüber lachen, wieviel Betrübnis er und unser Herr hatten erdulden und mit wie wenig sie sich hatten begnügen müssen.

Einmal, als es ihnen so übel ergangen war, daß er gemeint hatte, es kaum länger ertragen zu können, hatte unser Herr ihn mit sich genommen und begonnen, einen hohen Berg hinanzusteigen, ohne ihm zu sagen, was sie dort oben zu tun hätten.

Sie waren an den Städten vorübergewandert, die am Fuße des Berges lagen, und an den Schlössern, die höher oben waren. Sie waren über die Bauernhöfe und Sennhütten hinausgekommen, und sie hatten die Steingrotte des letzten Holzhauers hinter sich gelassen.

Sie waren endlich dorthin gekommen, wo der Berg nackt, ohne Pflanzen und Bäume stand und wo ein Eremit sich eine Hütte erbaut hatte, um in Not geratenen Wandersleuten beispringen zu können.

Dann waren sie über die Schneefelder gegangen, wo die Murmeltiere schlafen, und hinauf zu den wilden, zusammengetürmten Eismassen gelangt, bis zu denen kaum ein Steinbock vordringen kann.

Dort oben hatte unser Herr einen kleinen Vogel mit roter Brust gefunden, der erfroren auf dem Eise lag, und er hatte den kleinen Dompfaffen aufgehoben und eingesteckt. Und Sankt Petrus erinnerte sich, daß er neugierig gewesen war, ob dieser Vogel ihr Mittagbrot sein würde.

Sie waren eine lange Strecke über die schlüpfrigen Eisstücke gewandert, und es wollte Sankt Petrus bedünken, als wäre er dem Totenreiche nie so nahe gewesen, denn ein todeskalter Wind und ein todesdunkler Nebel hüllten sie ein, und weit und breit fand sich nichts Lebendes. Und doch waren sie nicht höher gekommen als bis zur Mitte des Berges. Da hatte er unsern Herrn gebeten, umkehren zu dürfen.

»Noch nicht«, sagte unser Herr, »denn ich will dir etwas weisen, was dir den Mut geben wird, alle Sorgen zu tragen.«

Und sie waren durch Nebel und Kälte weitergewandert, bis

74

sie eine unendlich hohe Mauer erreicht hatten, die sie nicht weiterkommen ließ.

»Diese Mauer geht rings um den Berg«, sagte unser Herr, »und du kannst sie an keinem Punkt übersteigen. Auch kann kein Mensch etwas von dem erblicken, was dahinter liegt, denn hier ist es, wo das Paradies anfängt, und hier wohnen die seligen Toten den ganzen Berghang hinauf.«

Da hatte der heilige Petrus es nicht lassen können, ein mißtrauisches Gesicht zu machen. »Dort drinnen ist nicht Dunkel und Kälte wie hier«, sagte unser Herr, »sondern dort ist grüner Sommer und heller Schein von Sonnen und Sternen.« Aber Sankt Petrus vermochte ihm nicht zu glauben.

Da nahm unser Herr den kleinen Vogel, den er vorhin auf dem Eisfelde gefunden hatte, und bog sich zurück und warf ihn über die Mauer, so daß er ins Paradies hineinfiel.

Und gleich darauf hörte der heilige Petrus ein jubelndes, fröhliches Zwitschern und erkannte den Gesang eines Dompfaffen und verwunderte sich höchstlich.

Er wendete sich an unsern Herrn und sagte: »Laß uns wieder auf die Erde hinuntergehen und alles erdulden, was erduldet werden muß, denn nun sehe ich, daß du wahr gesprochen hast und daß es einen Ort gibt, wo das Leben den Tod überwindet.«

Und sie waren den Berg hinuntergestiegen und hatten ihre Wanderung aufs neue begonnen.

Dann hatte Sankt Petrus lange Jahre nichts mehr vom Paradiese gesehen, sondern war nur einhergegangen und hatte sich nach dem Lande hinter der Mauer gesehnt. Und jetzt war er endlich dort und brauchte sich nicht mehr zu sehnen, sondern konnte den ganzen Tag mit vollen Händen Freude aus niemals versiegenden Quellen schöpfen.

Aber der heilige Petrus war kaum vierzehn Tage im Paradiese, als es geschah, daß ein Engel zu unserm Herrn kam, der auf seinem Stuhle saß, sich siebenmal vor ihm neigte und ihm sagte, es müsse ein schweres Unglück über Sankt Petrus gekommen sein. Er wolle weder essen noch trinken, und seine Augen wären rotgerändert, als hätte er Nächte nicht geschlafen.

Sobald dies unser Herr vernahm, erhob er sich und ging und suchte Sankt Petrus auf.

Er fand ihn fern an der äußersten Grenze des Paradieses. Er lag auf dem Boden, als wäre er zu ermattet, um stehen zu können, und hatte seine Kleider zerrissen und Asche auf sein Haupt gestreut.

Als unser Herr ihn so betrübt sah, setzte er sich neben ihn auf den Boden und sprach zu ihm, wie er getan hätte, wenn sie noch in der Betrübnis dieser Welt umhergewandert wären.

»Was ist es, was dich so traurig macht, Sankt Petrus?« fragte unser Herr. Aber der Schmerz übermannte Sankt Petrus so sehr, daß er nichts zu antworten vermochte.

»Was ist es, was dich so traurig macht, Sankt Petrus?« fragte unser Herr abermals. Als unser Herr die Frage wiederholte, nahm Sankt Petrus seine Goldkrone vom Kopfe und warf sie unserm Herrn zu Füßen, als wollte er sagen, daß er fürderhin keinen Teil mehr haben wolle an seiner Ehre und Herrlichkeit.

Aber unser Herr begriff wohl, daß Sankt Petrus zu verzweifelt war, um zu wissen, was er tat, und so zeigte er ihm keinen Zorn. »Du mußt mir doch endlich sagen, was dich quält«, sagte er ebenso sanftmütig wie zuvor und mit noch größerer Liebe in der Stimme.

Jetzt aber sprang Sankt Petrus auf, und da sah unser Herr, daß er nicht nur betrübt war, sondern auch zornig.

»Ich will Urlaub aus deinen Diensten haben«, sagte Sankt

Petrus. »Ich kann nicht einen Tag länger im Paradiese bleiben.«

Aber unser Herr suchte ihn zu beschwichtigen, was er früher oft hatte tun müssen, wenn Sankt Petrus aufgebraust war.

»Ich will dich wahrlich nicht hindern, zu gehen«, sagte er, »aber erst mußt du mir sagen, was dir hier nicht gefällt.«

»Ich kann dir sagen, daß ich mir bessern Lohn versprach, als wir beide drunten auf Erden jede Art Elend erduldeten«, sagte Sankt Petrus. Unser Herr sah, daß Sankt Petrus' Seele von Bitterkeit erfüllt war, und er fühlte keinen Groll gegen ihn.

»Ich sage dir, daß du frei bist, zu ziehen, wohin du willst«, sagte er, »wenn du mich nur wissen läßt, was dich betrübt.«

Da endlich erzählte Sankt Petrus, warum er unglücklich war. »Ich hatte eine alte Mutter«, sagte er, »und sie ist vor ein paar Tagen gestorben.«

»Jetzt weiß ich, was dich quält«, sagte unser Herr.

»Du leidest, weil deine Mutter nicht hierher ins Paradies gekommen ist.«

»So ist es«, sagte Sankt Petrus, und zugleich überwältigte ihn der Schmerz so sehr, daß er zu jammern und zu schluchzen anfing.

»Ich meine doch, ich hätte es wohl verdient, daß sie herkommen dürfte«, sagte er.

Als aber unser Herr erfahren hatte, was es war, worüber der heilige Petrus trauerte, wurde er gleichfalls betrübt. Denn Sankt Petrus' Mutter war nicht so gewesen, daß sie ins Himmelreich hätte kommen können. Sie hatte nie an etwas andres gedacht, als Geld zu sammeln; und armen Leuten, die vor ihre Türe gekommen waren, hatte sie niemals auch nur einen Groschen oder einen Bissen Brot gegeben. Aber unser Herr verstand es wohl: Sankt Petrus konnte es unmöglich wünschen, daß seine Mutter so geizig gewesen war, daß sie die Seligkeit nicht genießen konnte.

»Sankt Petrus«, sagte er, »woher weißt du, daß deine Mutter sich bei uns glücklich fühlen würde?«

»Sieh, das sagst du nur, damit du mich nicht zu erhören brauchst«, sagte Sankt Petrus. »Wer sollte sich im Paradiese nicht glücklich fühlen?«

»Wer nicht Freude über die Freude andrer fühlt, kann hier nicht glücklich sein«, sagte unser Herr.

»Dann sind noch andre hier als meine Mutter, die nicht hineinpassen«, sagte Sankt Petrus, und unser Herr merkte, daß er damit ihn im Sinn hatte.

Und er war tief betrübt, weil Sankt Petrus von einem so schweren Kummer getroffen war, daß er nicht mehr wußte, was er sagte. Er blieb eine Weile stehen und wartete, ob Sankt Petrus nicht bereute und einsähe, daß seine Mutter nicht ins Paradies gehörte, aber der wollte nicht zur Vernunft kommen.

Da rief unser Herr einen Engel zu sich und befahl ihm, zur Hölle hinunterzufahren und die Mutter des heiligen Petrus ins Paradies heraufzuholen.

»Laß mich dann auch sehen, wie er sie heraufholt«, sagte Sankt Petrus. Unser Herr nahm Sankt Petrus an der Hand und führte ihn auf einen Felsen hinaus, der auf der einen Seite kerzengerade und jäh abfiel. Und er zeigte ihm, daß er sich nur ein klein wenig über den Rand zu beugen brauchte, um gerade in die Hölle hinunterzusehen.

Als Sankt Petrus hinunterschaute, konnte er im Anfang nicht mehr unterscheiden, als wenn er in einen Brunnen hinabgesehen hätte. Es war, als öffne sich ein unendlicher, schwarzer Schlund unter ihm. Das erste, was er undeutlich unterschied, war der Engel, der sich schon auf den Weg in den Abgrund gemacht hatte. Er sah, wie er ohne jede Furcht in das große Dunkel hinuntereilte und nur die Flügel ein wenig ausbreitete, um nicht zu heftig zu fallen.

Aber als Sankt Petrus seine Augen ein bißchen daran gewöhnt hatte, fing er an, mehr und immer mehr zu sehen. Er begriff zunächst, daß das Paradies auf einem Ringberge lag, der eine weite Kluft einschloß, und in der Tiefe dieser Kluft hatten die Verdammten ihre Wohnstatt. Er sah, wie der Engel eine lange Weile fiel und fiel, ohne in die Tiefe hinunterzukommen. Er war ganz erschrocken darüber, daß es ein so weiter Weg war.

»Möchte er doch nur wieder mit meiner Mutter heraufkommen!« sagte er.

Unser Heiland blickte nur mit großen, traurigen Augen auf Sankt Petrus. »Es gibt keine Last, die mein Engel nicht heben könnte«, sagte er.

Es ging so tief hinein in den Abgrund, daß kein Sonnenstrahl dorthin dringen konnte, sondern schwarze Schatten dort herrschten. Aber nun war es, als hätte der Engel mit seinem Fluge ein wenig Klarheit und Licht hineingebracht, so daß es Sankt Petrus möglich wurde, zu unterscheiden, wie es dort unten aussah.

Da war eine unendliche, schwarze Felsenwüste, scharfe, spitze Klippen deckten den ganzen Grund, und zwischen ihnen blinkten Tümpel von schwarzem Wasser. Kein grünes Hälmchen, kein Baum, kein Zeichen des Lebens fand sich da.

Aber überall auf die scharfen Felsen waren die unseligen Toten hinaufgeklettert. Sie hingen über den Felsenspitzen, die sie in der Hoffnung erklettert hatten, sich aus der Kluft emporschwingen zu können, und als sie gesehen hatten, daß sie nirgend hinzukommen vermochten, waren sie dort oben verblieben, vor Verzweiflung versteinert.

Sankt Petrus sah einige von ihnen sitzen oder liegen, die Arme in ewiger Sehnsucht ausgestreckt, die Augen unverwandt nach oben gerichtet. Andre hatten die Hände vors Gesicht geschlagen, wie um das hoffnungslose Grauen um sich nicht sehen zu müssen. Sie waren alle reglos, keiner von ihnen bewegte sich. Manche lagen, ohne sich zu rühren, in den Wassertümpeln, ohne zu versuchen, herauszukommen.

Das Entsetzlichste war, daß ihrer eine solche Menge waren. Es war, als bestünde der Grund der Kluft aus nichts anderem als aus Leibern und Köpfen. Und Sankt Petrus ward von einer neuen Unruhe gepackt. »Du wirst sehen, er findet sie nicht«, sagte er zu unserm Herrn.

Unser Herr sah ihn nur mit demselben betrübten Blick an wie zuvor. Er wußte wohl, daß Sankt Petrus sich wegen des Engels nicht zu beunruhigen brauchte.

Aber für Sankt Petrus hatte es noch immer den Anschein, als ob der Engel seine Mutter unter der großen Menge von Unseligen nicht gleich finden könnte. Er breitete die Flügel aus und schwebte über dem Abgrund hin und her, indes er sie suchte.

Auf einmal gewahrte einer der unseligen Verdammten unten im Abgrund den Engel. Und er sprang auf und streckte die Arme zu ihm empor und rief: »Nimm mich mit, nimm mich mit!«

Da kam auf einmal Leben in die ganze Schar. Alle Millionen und Millionen, die unten in der Hölle verschmachteten, sprangen in demselben Augenblick auf und hoben ihre Arme und riefen den Engel an, er möchte sie hinauf zu dem seligen Paradiese führen.

Ihre Schreie drangen bis zu unserm Herrn und Sankt Petrus hinauf, und ihre Herzen bebten vor Schmerz, als sie es hörten.

Der Engel hielt sich schwebend hoch über den Verdammten, aber wie er hin und her glitt, um die zu entdecken, die er suchte, stürmten sie alle ihm nach, daß es aussah, als würden sie von einer Windsbraut dahingefegt.

Endlich hatte der Engel die erblickt, die er holen sollte. Er faltete die Flügel auf dem Rücken zusammen und schoß hinab wie ein Pfeil. Und Petrus schrie in frohem Erstaunen auf, als er ihn den Arm um seine Mutter schlingen und sie emporheben sah.

»Selig seist du, der mir die Mutter zuführt!« sagte er.

Unser Herr legte seine Hand warnend auf des heiligen Petrus Schulter, als wollte er ihn abhalten, sich zu früh der Freude hinzugeben. Aber Sankt Petrus war nahe daran, vor Glück zu weinen, weil seine Mutter gerettet war, und er konnte nicht verstehen, daß sie noch etwas trennen könnte. Und noch größere Freude bereitete es ihm, zu sehen, daß einige der Verdammten, so hurtig der Engel auch gewesen war, als er seine Mutter emporhob, doch noch behender waren, so daß sie sich an sie, die erlöst werden sollte, hängten, um zugleich mit ihr ins Paradies geführt zu werden.

Es waren ihrer etwa ein Dutzend, die sich an die alte Frau gehängt hatten, und Sankt Petrus dachte, daß es eine große Ehre für seine Mutter wäre, so vielen Unglücklichen aus der Verdammnis zu helfen.

Der Engel tat auch nichts, um sie zu hindern. Er schien von der Bürde gar nicht beschwert, sondern stieg nur und stieg, und er regte die Schwingen nicht mühsamer, als wenn er ein totes Vögelchen zum Himmel getragen hätte.

Aber da sah Sankt Petrus, wie seine Mutter anfing, die Unseligen von sich loszureißen, die an ihr festhingen. Sie packte ihre Hände und löste deren Griff, so daß einer nach dem andern hinuntertaumelte in die Hölle. Sankt Petrus konnte hören, wie sie baten und sie anflehten, aber die alte Frau schien es nicht dulden zu wollen, daß ein andrer außer ihr selbst selig werde. Sie machte sich von einem nach dem andern frei und ließ sie hinab ins Elend stürzen. Und wie sie stürzten, wurde der ganze Raum von Wehrufen und Verwünschungen erfüllt.

Da rief Sankt Petrus und bat seine Mutter, sie solle doch Barmherzigkeit zeigen, aber sie wollte nichts hören, sondern fuhr fort, wie sie begonnen hatte.

Und Sankt Petrus sah, wie der Engel immer langsamer und langsamer flog, je leichter seine Bürde wurde, und da wurde Sankt Petrus von solcher Angst gepackt, daß ihm seine Beine den Dienst versagten und er auf die Knie sinken mußte.

Endlich war nur eine einzige übrig, die sich an Sankt Petrus' Mutter festhielt. Es war eine junge Frau, die ihr am Halse hing und dicht an ihrem Ohr flehte und bat, sie möchte sie mit in das gesegnete Paradies lassen. Da war der Engel mit seiner Bürde so weit gekommen, daß Sankt Petrus schon die Arme ausstreckte, um die Mutter zu empfangen. Es deuchte ihn, der Engel brauchte nur noch ein paar Flügelschläge zu machen, um oben auf dem Berge zu sein.

Aber da hielt der Engel auf einmal die Schwingen ganz still, und sein Gesicht wurde düster wie die Nacht.

Denn jetzt streckte die alte Frau die Hände nach rückwärts und ergriff die andere, die an ihrem Halse hing, bei den Armen und riß und zerrte, bis es ihr glückte, die verschlungenen Hände zu trennen, so daß sie auch von der letzten befreit wurde.

Als die Unselige fiel, sank der Engel mehrere Klafter tiefer, und es sah aus, als vermöchte er nicht mehr die Schwingen zu heben.

Mit tiefbetrübten Blicken sah er auf die alte Frau hinunter, sein Griff um ihren Leib lockerte sich, und er ließ sie fallen, als sei sie eine allzu schwere Bürde für ihn, jetzt, da sie allein geblieben war.

Dann schwang er sich mit einem einzigen Flügelschlage ins Paradies hinauf.

Sankt Petrus blieb lange auf derselben Stelle liegen und schluchzte, und unser Herr stand still neben ihm.

»Sankt Petrus«, sagte unser Herr endlich, »nimmer hätte ich geglaubt, daß du so weinen würdest, nachdem du ins Paradies gekommen warst.«

Da erhob Gottes alter Diener sein Haupt und antwortete: »Was ist das für ein Paradies, wo ich meiner Liebsten Jammer höre und meiner Mitmenschen Leiden sehe?«

Aber unsres Herrn Angesicht verdüsterte sich in tiefstem Schmerze. »Was wollte ich lieber, als euch allen ein Paradies von eitel hellem Glück bereiten?« sagte er. »Begreifst du nicht, daß ich um dessentwillen zu den Menschen hinunterging und sie lehrte, ihre Nächsten zu lieben wie sich selbst. Solange sie dies nicht tun, gibt es keine Freistatt, weder im Himmel noch auf Erden, wo Schmerz und Betrübnis sie nicht zu ereilen vermöchten.«

Die Lichtflamme

1

Vor vielen, vielen Jahren, als die Stadt Florenz sich vor ganz kurzer Zeit zur Republik gemacht hatte, lebte dort ein Mann, der Raniero di Ranieri hieß. Er war der Sohn eines Waffenschmieds und hatte seines Vaters Gewerbe erlernt, aber er übte es nicht sonderlich gern aus.

Dieser Raniero war ein sehr starker Mann. Es hieß von ihm, daß er eine schwere Eisenrüstung ebenso leicht trüge wie ein andrer ein Seidenhemd. Er war ein noch junger Mann, aber er hatte schon viele Proben seiner Kraft gezeigt. Einmal war er in einem Haus gewesen, wo sie Korn auf den Dachboden gelegt hatten. Aber es war dort oben zu viel Korn aufgehäuft, und während Raniero sich in dem Hause befand, brach einer der Dachbalken, und das ganze Dach war im Begriff einzustürzen. Da waren alle fortgeeilt bis auf Raniero. Er hatte die Arme emporgereckt und sie gegen das Dach gestemmt, bis die Leute Balken und Pfähle geholt hatten, um es zu stützen.

Es hieß von Raniero auch, daß er der tapferste Mann wäre, den es jemals in Florenz gegeben hätte, und daß er am Kampfe niemals genug haben könnte. Sobald er von der Straße irgendeinen Lärm hörte, stürzte er aus der Werkstatt, in der Hoffnung, daß eine Schlägerei entstanden sei, an der er teilnehmen könne. Wenn er nur vom Leder ziehen konnte, kämpfte er ebenso gern mit schlichten Landleuten wie mit eisengepanzerten Rittern. Er stürzte sich wie ein Rasender in den Kampf, ohne seine Gegner zu zählen.

Nun war Florenz zu dieser Zeit nicht besonders mächtig. Die Bevölkerung bestand zum größten Teil aus Wollspinnern und Tuchwebern, und diese begehrten nichts andres, als in Frieden ihre Arbeit zu verrichten. Es gab tüchtige Kerle genug, aber sie waren nicht kampflustig, sondern setzten eine Ehre darein, daß in ihrer Stadt bessere Ordnung herrsche als anderswo. Raniero klagte oft darüber, daß er nicht in einem Lande geboren war, wo ein König herrschte, der tapfere Männer um sich scharte, und er sagte, daß er in diesem Falle zu hohen Ehren und Würden gekommen wäre.

Raniero war großsprecherisch und laut, grausam gegen Tiere, hart gegen seine Frau; es war nicht gut mit ihm leben. Er wäre ein schöner Mann gewesen, wenn er nicht quer über das Gesicht mehrere tiefe Narben gehabt hätte, die ihn entstellten. Er war rasch von Entschlüssen, und seine Art zu handeln war groß, wenn auch oft gewaltsam.

Raniero war mit Francesca vermählt, die die Tochter Jacopo degli Ubertis war, eines weisen und mächtigen Mannes. Jacopo hatte sich nicht gern dazu verstanden, seine Tochter einem solchen Raufbold wie Raniero zu geben, sondern er hatte sich der Heirat so lange wie möglich widersetzt. Aber Francesca hatte ihn gezwungen, nachzugeben, indem sie sagte, sie würde niemals einen andern heiraten. Als Jacopo endlich seine Einwilligung gab, sagte er zu Raniero: »Ich glaube erfahren zu haben, daß Männer wie du die Liebe einer Frau leichter gewinnen als behalten, darum will ich dir ein Versprechen abnehmen: Wenn meine Tochter bei dir ein so schweres Leben haben sollte, daß sie zu mir zurückkehren will, darfst du sie nicht daran hindern.« Francesca sagte, es sei unnötig, ihm ein solches Versprechen abzunehmen, denn sie habe Raniero so lieb, daß nichts sie von ihm trennen könne. Aber Raniero gab das Versprechen sogleich. »Dessen kannst du sicher sein, Jacopo«, sagte er, »daß ich nicht versuchen werde, ein Weib zurückzuhalten, das mir entfliehen will.«

Francesca zog nun zu Raniero, und alles zwischen ihnen war gut. Als sie ein paar Wochen verheiratet waren, kam es Raniero in den Sinn, sich im Scheibenschießen zu üben. Er schoß ein paar Tage lang auf eine Tafel, die an einer Mauer hing. Er wurde bald sehr geschickt und traf jedesmal ins Schwarze. Schließlich wollte er jedoch versuchen, nach einem schwereren Ziel zu schießen. Er sah sich nach etwas Geeignetem um, entdeckte aber nichts außer einer Wachtel, die in einem Bauer über der Hoftür saß. Der Vogel gehörte Francesca, und sie hatte ihn sehr lieb, aber Raniero schickte gleichwohl einen Knecht hin, damit er den Käfig öffne, und schoß die Wachtel, als sie sich in die Luft schwang.

Dies deuchte ihn ein guter Schuß, und er rühmte sich seiner vor jedem, der es hören wollte.

Als Francesca erfuhr, daß Raniero ihren Vogel totgeschossen hatte, erblaßte sie und sah ihn groß an. Sie wunderte sich, daß er etwas hatte tun mögen, was ihr Schmerz verursachen mußte. Aber sie verzieh ihm sogleich und liebte ihn wie zuvor.

Wieder ging eine Zeitlang alles gut.

Ranieros Schwiegervater Jacopo war Leinenweber. Er hatte eine große Werkstatt, wo es viel zu tun gab. Raniero glaubte herausgefunden zu haben, daß in Jacopos Werkstatt Hanf in den Flachs gemischt werde, und behielt das nicht für sich, sondern sprach hier und dort in der ganzen Stadt davon. Endlich kam dieses Gerede auch Jacopo zu Ohren, und er suchte ihm sogleich ein Ende zu machen. Er ließ von mehreren anderen Leinenwebern sein Garn und seine Gewebe untersuchen, und sie fanden, daß alles der feinste Flachs war. Nur in einem Packen, der außerhalb der Stadt Florenz verkauft werden sollte, fanden sie eine kleine Beimischung. Da sagte Jacopo, daß die Betrügerei ohne sein Wissen und seinen Willen von irgendeinem seiner Gesellen begangen worden sein müsse. Er sah jedoch selber ein, daß es ihm schwerfallen würde, die Leute zu bewegen, dies zu glauben. Er hatte immer im Rufe großer Redlichkeit gestanden und empfand es schwer, daß seine Ehre befleckt worden war.

Raniero hingegen brüstete sich, daß es ihm gelungen war, einen Betrug zu entlarven, und prahlte damit, auch wenn Francesca es hörte.

Sie fühlte großen Kummer und zugleich große Verwunderung, wie damals, als er den Vogel totschoß. Während sie noch daran dachte, war es plötzlich, als sähe sie ihre Liebe vor sich, und sie war wie ein großes Stück leuchtenden Goldstoffes. Sie konnte sehen, wie groß die Liebe war und wie schimmernd. Aber aus der einen Ecke war ein Zipfelchen fortgeschnitten, so daß sie nicht mehr so groß und herrlich war wie anfangs. Immerhin war sie noch so wenig beschädigt, daß Francesca dachte: Sie wird schon so lange reichen, wie ich lebe. Sie ist so groß, daß sie nie ein Ende nehmen kann.

Wieder verging eine Zeit, in der sie und Raniero ebenso glücklich waren wie zu Anfang.

Francesca hatte einen Bruder, der Taddeo hieß. Der war auf einer Geschäftsreise in Venedig gewesen, und dort hatte er sich Kleider aus Samt und Seide gekauft. Als er heimkam, ging er herum und prahlte damit, aber in Florenz war es nicht der Brauch, kostbar gekleidet zu gehen, so daß ihrer viele waren, die sich darüber lustig machten.

Eines Nachts waren Taddeo und Raniero in einer Weinschenke. Taddeo hatte einen grünen Mantel mit Zobelfutter und ein violettes Wams an. Raniero verlockte ihn nun, soviel Wein zu trinken, daß er einschlief, dann nahm er ihm den Mantel ab und hängte ihn einer Vogelscheuche um, die in einem Kohlbeet stand.

Als Francesca dies erfuhr, grollte sie Raniero wieder. Und zu gleicher Zeit sah sie das große Stück Goldstoff vor sich, das ihre Liebe war, und sie vermeinte zu sehen, wie es kleiner wurde, weil Raniero Stück für Stück abschnitt.

Darnach wurde es zwischen ihnen wieder für eine Zeit gut, aber Francesca war nicht mehr so glücklich wie zuvor, weil sie immer erwartete, Raniero würde eine Tat begehen, die ihrer Liebe schaden könnte.

Das ließ auch nicht lange auf sich warten, denn Raniero konnte sich nicht lange ruhig verhalten. Er wollte, daß die Menschen von ihm sprächen und seinen Mut und seine Unerschrockenheit rühmten.

An der Domkirche, die damals in Florenz stand und die viel kleiner war als die jetzige, hing hoch oben auf dem einen Turm ein großer, schwerer Schild; der war von einem der Vorfahren Francescas dort aufgehängt worden. Es soll der schwerste Schild gewesen sein, den ein Mann in Florenz zu tragen vermochte, und das ganze Geschlecht der Uberti war stolz darauf, daß einer von den ihren es vermocht hatte, den Turm zu erklettern und ihn dort aufzuhängen.

Aber nun klomm Raniero eines Tages zu dem Schilde hinauf, hängte ihn sich auf den Rücken und kam damit herunter.

Als Francesca dies vernahm, sprach sie zum ersten Male mit Raniero darüber, was sie quälte, und bat ihn, er solle nicht versuchen, solchermaßen den Stamm zu demütigen, dem sie angehörte. Raniero, der erwartet hatte, daß sie ihn ob seiner

88

Heldentat rühmen würde, wurde sehr zornig. Er sagte, er merke schon lange, daß sie sich seiner Erfolge nicht freue, sondern nur an ihr eigenes Geschlecht denke. – »Ich denke an etwas andres«, sagte Francesca, »das ist meine Liebe. Ich weiß nicht, wie es ihr ergehen soll, wenn du so fortfährst.«

Von da an wechselten sie oftmals böse Worte, denn es zeigte sich, daß Raniero fast immer gerade das tat, was Francesca am wenigsten ertragen konnte.

Es gab in Ranieros Werkstatt einen Gesellen, der klein und hinkend war. Dieser Bursche hatte Francesca geliebt, bevor sie sich verheiratete, und er fuhr auch nach ihrer Heirat fort, sie zu lieben. Raniero, der darum wußte, ließ es sich angelegen sein, ihn zu hänseln, zumal wenn sie bei Tische saßen. Es kam schließlich dazu, daß sich dieser Mann, der es nicht ertragen konnte, in Francescas Gegenwart zum Gespött gemacht zu werden, einmal auf Raniero stürzte und mit ihm kämpfen wollte. Aber Raniero hohnlachte nur und stieß ihn beiseite. Da wollte der Arme nicht länger leben, sondern ging hin und erhängte sich.

Als dies geschah, waren Raniero und Francesca ungefähr ein Jahr verheiratet. Francesca deuchte es noch immer, daß sie ihre Liebe als ein schimmerndes Stück Stoff vor sich sah, aber auf allen Seiten waren große Stücke weggeschnitten, so daß es kaum halb so groß war, als es anfangs gewesen war.

Sie erschrak sehr, als sie dies sah, und dachte: Bleibe ich noch ein Jahr bei Raniero, so wird er meine Liebe zerstört haben. Ich werde ebenso arm sein, wie ich bisher reich gewesen bin.

Da entschloß sie sich, Ranieros Haus zu verlassen und zu ihrem Vater zu gehen und bei ihm zu leben. Auf daß nicht einmal der Tag käme, an dem sie Raniero ebenso sehr haßte, wie sie ihn jetzt liebte!

Jacopo degli Uberti saß an seinem Webstuhl, und alle seine Gesellen arbeiteten um ihn her, als er sie kommen sah. Er sagte, nun sei das eingetroffen, was er schon lange erwartet hätte, und hieß sie willkommen. Er ließ seine Leute sogleich die Arbeit unterbrechen und befahl ihnen, sich zu bewaffnen und das Haus zu verschließen.

Dann begab sich Jacopo zu Raniero. Er traf ihn in der Werkstatt. »Meine Tochter ist heute zu mir zurückgekehrt und hat mich gebeten, wieder unter meinem Dache leben zu dürfen«, sagte er zu seinem Eidam. »Und jetzt erwarte ich, daß du sie nicht zwingst, zu dir zurückzukehren, getreu dem Versprechen, das du mir gegeben hast.«

Raniero schien das nicht sehr ernst zu nehmen, sondern antwortete gleichmütig: »Auch wenn ich dir kein Versprechen gegeben hätte, würde ich nicht verlangen, eine Frau zurückzubekommen, die mir nicht angehören will.«

Er wußte, wie sehr Francesca ihn liebte, und sagte zu sich selbst: Ehe der Abend anbricht, ist sie wieder bei mir.

Sie ließ sich jedoch weder an diesem Tage noch am folgenden blicken.

Am dritten Tage zog Raniero aus und verfolgte ein paar Räuber, die die florentinischen Kaufleute seit langem beunruhigt hatten. Es gelang ihm, sie zu überwinden, und er brachte sie als Gefangene nach Florenz.

Ein paar Tage verhielt er sich still, bis er gewiß sein konnte, daß diese Heldentat in der ganzen Stadt bekannt wäre. Es kam aber nicht so, wie er erwartet hatte, und auch dies führte Francesca nicht zu ihm zurück.

Raniero hätte nun die größte Lust gehabt, sie durch Gesetz und Recht zu zwingen, zu ihm zurückzukehren, aber er glaubte, daß er dies seines Versprechens wegen nicht tun könne. Es deuchte ihn aber unmöglich, in derselben Stadt mit einer Frau zu leben, die ihn verlassen hatte, und er zog von Florenz fort.

Er wurde zuerst Söldner, und gar bald machte er sich zum Anführer einer Freischar.

Er war immer im Kriege und diente vielen Herren.

Er gewann viel Ehre als Krieger, wie er von jeher vorausgesagt hatte. Er wurde vom Kaiser zum Ritter geschlagen und wurde zu den mächtigen Männern gezählt.

Bevor er Florenz verließ, hatte er vor einem heiligen Madonnenbild in der Domkirche das Gelöbnis abgelegt, der heiligen Jungfrau das Beste und Vornehmste zu schenken, was er in jedem Kampfe erbeuten würde.

Vor diesem Bilde sah man immer kostbare Gaben, die von Raniero gespendet waren.

Raniero wußte also, daß alle seine Heldentaten in seiner Geburtsstadt bekannt waren. Er wunderte sich sehr, daß Francesca degli Uberti nicht zu ihm zurückkam, obgleich sie alle seine Erfolge kannte.

Um diese Zeit wurde zu einem Kreuzzug zur Befreiung des Heiligen Grabes gepredigt, und Raniero nahm das Kreuz und zog ins Morgenland. Denn einmal erwartete er, daß er dort Schlösser und Land gewinnen würde, um darüber zu regieren, und dann dachte er, daß er dadurch in die Lage käme, so glänzende Heldentaten zu vollbringen, daß sein Weib ihn wieder liebgewänne und zu ihm zurückkehrte.

2

In der Nacht nach dem Tage, an dem Jerusalem erobert worden war, herrschte in dem Lager der Kreuzfahrer vor der Stadt große Freude. Fast in jedem Zelt wurden Trinkgelage abgehalten, und das Lachen und Lärmen wurde weit im Umkreise gehört.

Raniero di Ranieri saß mit einigen Kampfgenossen beim Weine, und bei ihm ging es fast noch wilder zu als sonst irgendwo. Die Knappen hatten die Becher kaum gefüllt, als sie auch schon wieder leer waren. Aber Raniero hatte auch die meiste Ursache, ein großes Fest zu feiern, denn er hatte an diesem Tage höhere Ehre gewonnen denn je zuvor. Am Morgen, als die Stadt gestürmt wurde, war er nächst Gottfried von Bouillon der erste gewesen, der die Mauern bestiegen hatte, und am Abend war er für seine Tapferkeit vor dem ganzen Heere geehrt worden.

Als das Plündern und Morden ein Ende genommen hatte und die Kreuzfahrer in Büßermänteln mit unentzündeten Wachskerzen in den Händen in die heilige Grabeskirche eingezogen waren, war ihm nämlich von Gottfried verkündet worden, daß er der erste sein solle, der seine Kerze an den heiligen Flammen entzünden dürfe, die vor Christi Grab brennen. Es deuchte Raniero, daß Gottfried ihm damit zeigen wolle, daß er ihn für den Tapfersten im ganzen Heere ansehe; und er freute sich sehr über die Art, wie er für seine Heldentat belohnt worden war.

Bei einbrechender Nacht, als Raniero und seine Gäste in bester Laune waren, kamen ein Narr und ein paar Spielleute, die überall im Lager umhergewandert waren und alle mit ihren Einfällen ergötzt hatten, in Ranieros Zelt, und der Narr bat um die Erlaubnis, ein spaßhaftes Abenteuer erzählen zu dürfen.

Raniero wußte, daß dieser Narr im Rufe großer Lustigkeit stand, und versprach, seiner Erzählung Gehör zu schenken.

»Es begab sich einmal«, sagte der Narr, »daß unser Herr und der heilige Petrus einen ganzen Tag auf dem höchsten

Turme der Burg des Paradieses gesessen und auf die Erde hinuntergesehen hatten. Sie hatten soviel anzugucken gehabt, daß sie kaum Zeit gefunden hatten, ein Wort miteinander zu wechseln. Unser Herr hatte sich die ganze Zeit still verhalten, aber der heilige Petrus hatte bald vor Freude in die Hände geklatscht und bald wieder den Kopf mit Abscheu abgewendet. Bald hatte er gelächelt und gejubelt, und bald hatte er geweint und gejammert. Endlich, als der Tag zur Neige ging und die Abenddämmerung sich auf das Paradies senkte, wendete sich unser Heiland an den heiligen Petrus und sagte, nun müsse er wohl froh und zufrieden sein. ›Womit sollte ich wohl zufrieden sein?‹ fragte da Sankt Petrus in heftigem Tone. – ›Je nun‹, sagte unser Herr sanftmütig, ›ich glaubte, du würdest mit dem, was du heute gesehen hast, zufrieden sein.‹ – ›Es ist ja wahr‹, sagte er, ›daß ich so manches liebe Jahr darüber geklagt habe, daß Jerusalem in der Gewalt der Ungläubigen ist, aber nach allem, was sich heute zugetragen hat, meine ich, daß es ebensogut hätte bleiben können wie es war.‹«

Raniero begriff nun, daß der Narr davon sprach, was im Laufe des Tages geschehen war. Er und die andern Ritter begannen nun mit größerer Teilnahme zuzuhören als im Anfang.

»Als der heilige Petrus dies gesagt hatte«, fuhr der Narr fort, indem er einen pfiffigen Blick auf die Ritter warf, »beugte er sich über die Zinnen des Turmes und wies zur Erde hinunter. Er zeigte unserm Herrn eine Stadt, die auf einem großen einsamen Felsen lag, der aus einem Gebirgstal aufragte. ›Siehst du diese Leichenhaufen?‹ sagte er, ›und siehst du das Blut, das über die Straßen strömt, und siehst du die nackten elenden Gefangenen, die in der Nachtkälte jammern, und siehst du alle die rauchenden Brandstätten?‹ Unser

Herr schien ihm nichts erwidern zu wollen, und der heilige Petrus fuhr mit seinem Gejammer fort. Er sagte, wohl habe er dieser Stadt oft gezürnt, aber so übel habe er ihr doch nicht gewollt, daß es dort einmal so aussehen solle. Da endlich antwortete unser Herr und versuchte einen Einwand. – ›Du kannst doch nicht leugnen, daß die christlichen Ritter ihr Leben mit der größten Unerschrockenheit gewagt haben‹, sagte er.«

Hier wurde der Narr von Beifallsrufen unterbrochen, aber er beeilte sich fortzufahren.

»Nein, stört mich nicht«, bat er. »Jetzt weiß ich nicht mehr, wo ich geblieben war. Ja, richtig, ich wollte eben sagen, daß der heilige Petrus sich ein paar Tränen wegwischte, die ihm in die Augen getreten waren und ihn am Sehen hinderten. ›Nie hätte ich geglaubt, daß sie solch wilde Tiere sein würden‹, sagte er. ›Sie haben ja den ganzen Tag gemordet und geplündert. Ich verstehe nicht, daß du es dir gefallen lassen konntest, dich kreuzigen zu lassen, um dir solche Bekenner zu schaffen.‹«

Die Ritter nahmen den Scherz gut auf. Sie begannen laut und fröhlich zu lachen. »Was, Narr, der heilige Petrus ist wirklich so böse auf uns?« rief einer von ihnen.

»Sei jetzt still und laß uns hören, ob unser Herr uns nicht in Schutz genommen hat!« fiel ein andrer ein.

»Nein, unser Herr schwieg fürs erste still«, sagte der Narr. »Er wußte von alters her: Wenn Sankt Petrus so recht in Eifer gekommen war, war es vergebliche Mühe, ihm zu widersprechen. Er eiferte weiter und sagte, unser Herr möge nicht einwenden, daß sie sich schließlich doch erinnert hätten, in welche Stadt sie gekommen waren, und auf bloßen Füßen im Büßergewand in die Kirche gegangen wären. Diese Andacht hätte ja gar nicht so lange gedauert, daß es überhaupt lohnte, davon zu sprechen. Und dann beugte er sich noch einmal über die Brüstung hinaus und wies auf Jerusalem hinunter. Er deutete auf das Lager der Christen davor. ›Siehst du, wie deine Ritter ihren Sieg feiern?‹ fragte er. Und unser Herr sah, daß überall im Lager Trinkgelage gefeiert wurden. Ritter und Knechte saßen da und sahen syrischen Tänzerinnen zu. Gefüllte Becher kreisten, man würfelte um die Kriegsbeute, und –«

»Man hörte Narren an, die alberne Geschichten erzählten«, fiel Raniero ein. »War das nicht auch eine große Sünde?«

Der Narr lachte und nickte Raniero zu, als wollte er sagen: Na, warte nur, ich zahl' dir's schon heim.

»Nein, unterbrecht mich nicht«, bat er abermals, »ein armer Narr vergißt so leicht, was er sagen wollte. Ja, richtig, der heilige Petrus fragte unsern Herrn mit der strengsten Stimme, ob er meine, daß ihm dieses Volk große Ehre mache. Darauf mußte unser Herr natürlich antworten, daß er das nicht meine. ›Sie waren Räuber und Mörder, ehe sie von daheim auszogen‹, sagte Sankt Petrus, ›und Räuber und Mörder sind sie auch heute noch. Dieses Unternehmen hättest du ebensogut ungeschehen lassen können. Es kommt nichts Gutes dabei heraus.‹«

»Na, na, Narr!« sagte Raniero mit warnender Stimme.

Aber der Narr schien seine Ehre dareinzusetzen, zu probieren, wie weit er gehen könne, ohne daß jemand aufspränge und ihn hinauswürfe, und fuhr unerschrocken fort:

»Unser Herr neigte nur den Kopf wie einer, der zugesteht, daß er gerecht gestraft wird. Aber beinahe in demselben Augenblick beugte er sich eifrig vor und sah mit noch größerer Aufmerksamkeit als vorhin hinunter. Da guckte Sankt Petrus ebenfalls hin. ›Wonach blickst du denn aus?‹ fragte er.«

Der Narr erzählte dies mit sehr lebhaftem Mienenspiel.

Alle Ritter sahen sowohl unsern Herrn als auch Sankt Petrus vor Augen, und sie waren begierig, was es wohl sein mochte, was unser Herr erblickt haben sollte.

»Unser Herr antwortete, es sei nichts Besonderes«, sagte der Narr, »aber er ließ auf jeden Fall nicht davon ab, hinabzublicken. Sankt Petrus folgte der Richtung der Blicke unsres Herrn, und er konnte nichts andres finden, als daß unser Herr dasaß und in ein großes Zelt hinuntersah, vor dem ein paar Sarazenenköpfe auf lange Lanzen gespießt waren, und wo eine Menge prächtiger Teppiche, goldner Tischgefäße und kostbarer Waffen, die in der Heiligen Stadt erbeutet waren, aufgestapelt lagen. In diesem Zelt ging es ebenso zu wie sonst überall im Lager. Da saß eine Schar Ritter und leerte die Becher. Der einzige Unterschied mochte sein, daß hier noch mehr gelärmt und gezecht wurde als an irgendeinem andern Orte. Der heilige Petrus konnte nicht verstehen, warum unser Herr, als er dorthin blickte, so vergnügt war, daß ihm die Freude förmlich aus den Augen leuchtete. So viele strenge und furchtbare Gesichter, wie er dort erblickte, glaubte er kaum je um einen Zechtisch versammelt gesehen zu haben. Und der Wirt bei dem Gastmahl, der am obern Tischende saß, war der entsetzlichste von allen. Er war ein etwa fünfunddreißigjähriger Mann, furchtbar groß und grob, mit einem roten Gesicht, das von Narben und Schrammen durchkreuzt war, mit harten Fäusten und einer starken, polternden Stimme.«

Hier hielt der Narr einen Augenblick inne, als fürchte er, weiterzugehen, aber Raniero und den andern machte es Spaß, von sich selbst sprechen zu hören, und sie lachten nur über seine Dreistigkeit.

»Du bist ein kecker Bursche«, sagte Raniero, »laß uns sehen, wo du hinauswillst!«

»Endlich«, fuhr der Narr fort, »sagte unser Herr ein paar

Worte, aus denen Sankt Petrus erriet, was der Grund seiner Freude war. Er fragte Sankt Petrus, ob er fehl sähe oder ob es wirklich so wäre, daß einer der Ritter ein brennendes Licht neben sich hätte.«

Raniero zuckte bei diesen Worten zusammen. Erst jetzt wurde er böse auf den Narren und streckte die Hand nach einem schweren Trinkhumpen aus, um ihn ihm ins Gesicht zu schleudern, aber er bezwang sich, um zu hören, ob der Bursche zu seiner Ehre oder seiner Schande sprechen wollte.

»Sankt Petrus sah nun«, erzählte der Narr, »daß das Zelt im übrigen zwar mit Fackeln beleuchtet war, daß aber einer der Ritter wirklich eine brennende Wachskerze neben sich stehen hatte. Es war eine große dicke Kerze, eine Kerze, die bestimmt war, einen ganzen Tag und eine ganze Nacht zu brennen. Der Ritter, der keinen Leuchter hatte, worein er sie hätte stecken können, hatte eine ganze Menge Steine ringsherum aufgehäuft, damit das Licht stehen könnte.«

Die Tischgesellschaft brach bei diesen Worten in lautes Gelächter aus. Alle wiesen auf ein Licht, das neben Raniero auf dem Tische stand und ganz so aussah, wie der Narr es beschrieben hatte. Aber Raniero stieg das Blut zu Kopfe, denn dies war das Licht, das er vor ein paar Stunden am Heiligen Grabe hatte anzünden dürfen. Er hatte es nicht über sich gebracht, es auszulöschen.

»Als der heilige Petrus dieses Licht sah«, sagte der Narr, »wurde es ihm freilich klar, woran unser Herr seine Freude gehabt hatte, aber zugleich konnte er es nicht lassen, ihn ein wenig zu bemitleiden. ›Ja so‹, sagte er, ›das ist der Ritter, der heute morgen hinter Herrn Gottfried von Bouillon auf die Mauer sprang und am Abend sein Licht vor allen andern am Heiligen Grabe anzünden durfte.‹ – ›Ja, so ist es‹, sagte unser Herr, ›und wie du siehst, hat er sein Licht noch brennen.‹«

Der Narr sprach jetzt sehr rasch, während er ab und zu einen lauernden Blick auf Raniero warf: »Der heilige Petrus konnte es noch immer nicht lassen, unsern Herrn ein ganz klein wenig zu bemitleiden. ›Verstehst du denn nicht, warum er dieses Licht brennen hat?‹ sagte er. ›Du glaubst wohl, daß er an deine Qual und deinen Tod denke, wenn er es sieht. Aber er denkt an nichts anderes als an den Ruhm, den er errang, als er als der Tapferste im ganzen Heere nach Gottfried von Bouillon anerkannt wurde.‹«

Bei diesen Worten lachten alle Gäste Ranieros. Raniero war sehr zornig, aber er zwang sich, gleichfalls zu lachen. Er wußte, daß alle es lächerlich gefunden hätten, wenn er nicht ein bißchen Spaß vertragen hätte.

»Aber unser Herr widersprach dem heiligen Petrus«, sagte der Narr. ›Siehst du nicht, wie ängstlich er um das Licht besorgt ist?‹ fragte er. ›Er hält die Hand vor die Flamme, sobald jemand das Zelttuch lüftet, aus Furcht, daß die Zugluft es ausblasen könnte. Und er hat vollauf damit zu tun, die Nachtschmetterlinge zu verscheuchen, die herumfliegen und es zu verlöschen drohen.‹«

Es wurde immer herzlicher gelacht, denn was der Narr sagte, war die reine Wahrheit. Raniero fiel es immer schwerer, sich zu beherrschen. Es war ihm, als könne er es nicht ertragen, daß jemand mit der heiligen Lichtflamme seinen Scherz trieb.

»Der heilige Petrus war jedoch mißtrauisch«, fuhr der Narr fort. »Er fragte unseren Herrn, ob er diesen Ritter kenne. ›Er ist nicht gerade einer, der häufig zur Messe ginge oder den Betschemel abnützte‹, sagte er. Aber unser Herr ließ sich von seiner Meinung nicht abbringen. ›Sankt Petrus, Sankt Petrus!‹ sagte er feierlich. ›Merke dir, daß der Ritter hier fortan frommer werden wird als Gottfried! Von wo gehen Milde und Frömmigkeit aus, wenn nicht von meinem Grabe? Du wirst Raniero di Ranieri Witwen und notleidenden Gefangenen zu Hilfe kommen sehen. Du wirst sehen, wie er Kranke und Betrübte in seine Hut nimmt, so wie er jetzt die heilige Lichtflamme hütet.‹«

Darüber erhob sich ein ungeheures Gelächter. Es deuchte alle, die Ranieros Laune und Leben kannten, sehr spaßhaft. Aber ihm selbst waren der Scherz und das Gelächter ganz unleidlich. Er sprang auf und wollte den Narren zurechtweisen. Dabei stieß er so heftig an den Tisch, der nichts andres war als eine auf lose Böcke gelegte Tür, daß er wackelte und das Licht umfiel. Es zeigte sich nun, wie sehr es Raniero am Herzen lag, das Licht brennend zu erhalten. Er dämpfte seinen Groll und nahm sich Zeit, das Licht aufzuheben und die Flamme anzufachen, bevor er sich auf den Narren stürzte. Aber als er mit dem Lichte fertig war, war der Narr schon aus dem Zelte geeilt, und Raniero sah ein, daß es nicht der Mühe lohne, ihn im nächtlichen Dunkel zu verfolgen. Ich treffe ihn wohl noch ein andermal, dachte er und setzte sich wieder.

Die Tischgäste hatten inzwischen weidlich gelacht, und einer von ihnen wollte den Spaß fortsetzen und wendete sich an Raniero. »Eins steht aber fest, Raniero, und das ist, daß du diesmal der Madonna in Florenz nicht das Kostbarste schikken kannst, was du im Kampfe errungen hast«, sagte er.

Raniero fragte, warum er glaube, daß er diesmal seinem alten Brauche nicht treu bleiben würde.

»Aus keinem andern Grunde«, sagte der Ritter, »als weil das Kostbarste, was du errungen hast, diese Lichtflamme ist, die du angesichts des ganzen Heeres in der Heiligen Grabeskirche entzünden durftest. Und die nach Florenz zu schicken, wirst du wohl nicht imstande sein.«

Wieder lachten die anderen Ritter, aber Raniero war jetzt

in einer Laune, daß er das Verwegenste unternommen hätte, nur um ihrem Gelächter ein Ende zu machen. Er faßte rasch seinen Entschluß, rief einen alten Waffenträger zu sich und sagte zu ihm: »Mache dich zu langer Fahrt bereit, Giovanni! Morgen sollst du mit dieser heiligen Lichtflamme nach Florenz ziehen.«

Aber der Waffenträger weigerte sich schlankweg, diesen Befehl auszuführen. »Dies ist etwas, was ich nicht auf mich nehmen will«, sagte er. »Wie sollte es möglich sein, mit einer Lichtflamme nach Florenz zu reiten? Sie würde verlöschen, ehe ich noch das Lager verlasse.«

Raniero fragte einen seiner Mannen nach dem andern. Er erhielt von allen dieselbe Antwort. Sie schienen seinen Befehl kaum ernst zu nehmen.

Natürlich lachten die fremden Ritter, die seine Gäste waren, immer lauter und fröhlicher, je deutlicher es sich zeigte, daß keiner von den Mannen Ranieros Befehl ausführen wollte.

Raniero geriet in immer größere Erregung. Schließlich verlor er die Geduld und rief: »Diese Lichtflamme wird dennoch nach Florenz gebracht werden, und da kein andrer damit hinreiten will, werde ich es selbst tun.«

»Bedenke dich, bevor du so etwas versprichst!« sagte ein Ritter. »Du reitest von einem Fürstentum fort!«

»Ich schwöre euch, daß ich diese Lichtflamme nach Florenz bringen werde!« rief Raniero. »Ich werde tun, was kein anderer auf sich nehmen wollte.«

Der alte Waffenträger verteidigte sich: »Herr, für dich ist es ein ander Ding. Du kannst ein großes Gefolge mitnehmen, aber mich wolltest du allein ausschicken.«

Raniero jedoch war ganz außer sich und überlegte seine Worte nicht. »Ich werde auch allein ziehen«, sagte er. Aber damit hatte Raniero sein Ziel erreicht. Alle im Zelte hatten zu lachen aufgehört. Sie saßen erschrocken da und starrten ihn an.

»Warum lacht ihr nicht mehr?« fragte Raniero. »Für einen tapferen Mann ist dies Beginnen wohl für nichts mehr zu achten als ein Kinderspiel.«

3

Am nächsten Morgen, bei Tagesgrauen, bestieg Raniero sein Pferd. Er trug die volle Rüstung, aber darüber hatte er einen groben Pilgermantel geworfen, damit das Eisenkleid von den Sonnenstrahlen nicht allzusehr erhitzt werde. Er war mit einem Schwert und einer Streitaxt bewaffnet und ritt ein gutes Pferd. Ein brennendes Licht hielt er in der Hand, und am Sattel hatte er ein paar große Bündel langer Wachskerzen befestigt, damit die Flamme nicht aus Mangel an Nahrung sterbe.

Raniero ritt langsam durch die überfüllte Zeltstraße, und so lange ging alles gut. Es war noch so früh, daß die Nebel, die aus den tiefen Tälern rings um Jerusalem aufgestiegen waren, sich nicht zerstreut hatten, und Raniero ritt wie durch eine weiße Nacht. Das ganze Lager schlief, und Raniero kam leicht an den Wachtposten vorbei. Keiner von ihnen rief ihn an, denn durch den dichten Nebel konnten sie ihn nicht sehen, und auf den Wegen lag fußhoher Staub, der die Schritte des Pferdes unhörbar machte.

Raniero war bald aus dem Bereiche des Lagers und schlug die Straße ein, die nach Joppe führte. Er hatte nun einen besseren Weg, aber er ritt noch immer ganz langsam, der Lichtflamme wegen. Die brannte schlecht in dem dichten Nebel, mit einem rötlichen, zitternden Schein. Und immer wieder kamen große Insekten, die mit knatternden Flügelschlägen gerade ins Licht stürzten. Raniero hatte vollauf damit zu tun, es zu hüten, aber er war guten Mutes und meinte noch immer, daß die Aufgabe, die er sich gestellt hätte, nicht schwerer wäre, als daß ein Kind sie bewältigen könnte.

Doch das Pferd ermüdete bei dem langsamen Trott und setzte sich in Trab. Da begann die Lichtflamme in der Zugluft zu zucken. Es half nichts, daß Raniero sie mit der Hand und mit dem Mantel zu schützen suchte. Er sah, daß sie ganz nahe dran war, zu erlöschen. Aber er war durchaus nicht gewillt, sein Vorhaben so bald aufzugeben. Er hielt das Pferd an und saß ein Weilchen still und grübelte. Schließlich sprang er aus dem Sattel und versuchte, sich rücklings daraufzusetzen, so daß er die Flamme mit seinem Körper vor Wind und Zug schützte. So gelang es ihm, sie brennend zu erhalten, aber er merkte jetzt, daß die Reise sich beschwerlicher gestalten würde, als er anfangs geglaubt hatte.

Als er die Berge, die Jerusalem umgeben, hinter sich gelassen hatte, hörte der Nebel auf. Er ritt nun durch die tiefste Einsamkeit. Es gab weder Menschen noch Häuser, noch grüne Bäume oder Pflanzen, nur kahle Höhen.

Hier wurde Raniero von Räubern überfallen. Es war loses Gesindel, das dem Heere ohne Erlaubnis folgte und vom Rauben und Plündern lebte. Sie hatten hinter einem Hügel im Hinterhalt gelegen, und Raniero, der rücklings ritt, sah sie erst, als sie ihn schon umringt hatten und ihre Schwerter gegen ihn zückten.

Es waren etwa zwölf Männer, sie sahen recht jämmerlich aus und ritten auf erbärmlichen Pferden. Raniero sah gleich, daß es ihm nicht schwerfallen konnte, sich einen Weg durch die Schar zu bahnen und von dannen zu reiten. Aber er begriff, daß dies sich nicht tun ließe, ohne daß er das Licht von sich werfe. Und er wollte nach den stolzen Worten, die er heute nacht gesprochen hatte, nicht so leicht von seinem Vorsatz abstehen.

Er sah daher keinen anderen Ausweg, als mit den Räubern ein Übereinkommen zu schließen. Er sagte, daß es ihnen, da er wohlbewaffnet sei und ein gutes Pferd reite, schwerfallen würde, ihn zu überwinden, wenn er sich verteidige. Aber da er durch ein Gelöbnis gebunden sei, wolle er keinen Widerstand leisten, sondern sie dürften ohne Kampf alles nehmen, was sie begehrten, wenn sie nur versprächen, sein Licht nicht auszulöschen.

Die Räuber hatten sich auf einen harten Strauß gefaßt gemacht. Sie waren über Ranieros Vorschlag sehr erfreut und machten sich sogleich daran, ihn auszuplündern. Sie nahmen ihm Rüstung und Roß, Waffen und Geld. Das einzige, was sie ihm ließen, waren der grobe Mantel und die beiden Kerzenbündel. Sie hielten auch ehrlich ihr Versprechen, die Lichtflamme nicht zu löschen.

Einer von ihnen hatte sich auf Ranieros Pferd geschwungen. Als er merkte, wie gut es war, schien er ein wenig Mitleid mit dem Ritter zu empfinden. Er rief ihm zu: »Siehst du, wir wollen nicht gar zu hart gegen einen Christenmenschen sein. Du sollst mein altes Pferd haben, um darauf zu reiten.«

Es war eine elende Schindmähre und bewegte sich so starr und steif, als wenn sie aus Holz wäre.

Als die Räuber endlich verschwunden waren und Raniero daranging, sich auf den elenden Klepper zu setzen, sagte er zu sich selbst: »Ich muß wohl von dieser Lichtflamme verhext sein. Um ihretwillen reite ich nun wie ein toller Bettler meinen Weg.«

Er sah ein, daß es das klügste gewesen wäre, umzukehren,

weil das Vorhaben wirklich unausführbar war. Aber ein so heftiges Verlangen, es zu vollbringen, war über ihn gekommen, daß er der Lust nicht widerstehen konnte, auszuharren.

Er zog also weiter. Noch immer sah er dieselben kahlen, lichtgelben Höhen um sich. Nach einer Weile ritt er an einem jungen Hirten vorbei, der vier Ziegen hütete. Als Raniero die Tiere auf dem nackten Boden weiden sah, fragte er sich, ob sie wohl Erde äßen.

Dieser Hirte hatte wahrscheinlich früher eine größere Herde besessen, die ihm von den Kreuzfahrern gestohlen worden war. Als er nun einen einsamen Christen heranreiten sah, suchte er ihm alles Böse zu tun, was er nur konnte. Er stürzte auf ihn zu und schlug mit seinem Stab nach seinem Lichte. Raniero war von der Lichtflamme so gefesselt, daß er sich nicht einmal gegen einen Hirten verteidigen konnte. Er zog nur das Licht an sich, um es zu schützen. Der Hirte schlug noch ein paarmal danach, aber dann blieb er erstaunt stehen und hörte zu schlagen auf. Er sah, daß Ranieros Mantel in Brand geraten war, aber Raniero tat nichts, um das Feuer zu ersticken, solange die Lichtflamme in Gefahr war. Man sah es dem Hirten an, daß er sich schämte. Er folgte Raniero lange nach, und an einer Stelle, wo der Weg sehr schmal an zwei Abgründen vorüberging, kam er heran und führte sein Pferd.

Raniero lächelte und dachte, daß der Hirte ihn sicherlich für einen heiligen Mann halte, der eine Bußübung vornehme.

Gegen Abend begannen Raniero Menschen entgegenzukommen. Es war nämlich so, daß das Gerücht vom Falle Jerusalems sich schon während der Nacht die Küste entlang verbreitet hatte, und eine Menge Leute hatten sich sogleich bereit gemacht, hinzuziehen. Es waren Pilger, die schon jahrelang auf die Gelegenheit warteten, Jerusalem zu betreten, es waren nachgesendete Truppen, und vor allem waren es Kaufleute, die mit Wagenladungen von Lebensmitteln hineilten.

Als diese Scharen Raniero begegneten, der rücklings mit einem brennenden Lichte in der Hand geritten kam, riefen sie: »Ein Toller, ein Toller!« Die meisten waren Italiener, und Raniero hörte, wie sie in seiner eigenen Zunge riefen: Pazzo, pazzo!, was: ein Toller, ein Toller! bedeutet.

Raniero, der sich den ganzen Tag so wohl im Zaum zu halten verstanden hatte, wurde durch diese sich stets wiederholenden Rufe heftig gereizt. Mit einem Male sprang er aus dem Sattel und begann mit seinen Fäusten die Rufenden zu züchtigen. Als die Leute merkten, wie schwer die Schläge waren, die da fielen, entstand eine allgemeine Flucht, und er stand bald allein da.

Nun kam Raniero wieder zu sich selbst. »Wahrlich, sie hatten recht, als sie dich einen Tollen nannten«, sagte er, indem er sich nach dem Lichte umsah, denn er wußte nicht, was er damit angefangen hatte. Endlich sah er, daß es vom Wege in einen Graben gekollert war. Die Flamme war erloschen, aber er sah Feuer in einem trockenen Grasbüschel dicht daneben glimmen und begriff, daß das Glück ihn nicht verlassen hatte, denn das Licht mußte das Gras in Brand gesetzt haben, bevor es erloschen war.

Dies hätte leicht ein trauriges Ende großer Mühsal werden können, dachte er, während er das Licht entzündete und sich wieder in den Sattel schwang. Er fühlte sich recht gedemütigt. Es kam ihm jetzt nicht sehr wahrscheinlich vor, daß seine Fahrt gelingen würde.

Gegen Abend kam Raniero nach Ramle und ritt dort zu einem Hause, wo Karawanen Herberge für die Nacht zu suchen pflegten. Es war ein großer überbauter Hof. Ringsum waren kleine Verschläge, wo die Reisenden ihre Pferde einstellen konnten. Es gab keine Stuben, sondern die Menschen schliefen neben den Tieren.

Es war schon eine große Menschenmenge da, aber der Wirt schaffte doch Raum für Raniero und sein Pferd. Er gab auch dem Pferde Futter und dem Reiter Nahrung.

Als Raniero merkte, daß er so gut behandelt wurde, dachte er: Ich fange fast zu glauben an, daß die Räuber mir einen Dienst erwiesen haben, als sie mir meine Rüstung und mein Pferd raubten. Sicherlich komme ich mit meiner Bürde leichter durchs Land, wenn man mich für einen Wahnsinnigen hält.

Als Raniero das Pferd in den Stand geführt hatte, setzte er sich auf einen Bund Stroh und behielt das Licht in den Händen. Es war seine Absicht, nicht zu schlafen, sondern die ganze Nacht wachzubleiben.

Doch kaum hatte sich Raniero niedergesetzt, als er auch schon einschlummerte. Er war furchtbar müde, er streckte sich im Schlafe aus, so lang er war, und schlief bis zum Morgen.

Als er erwachte, sah er weder die Lichtflamme noch die Kerze. Er suchte im Stroh danach, aber er fand sie nirgends.

»Jemand wird sie mir weggenommen und ausgelöscht haben«, sagte er. Und er versuchte zu glauben, daß er sich freue, weil alles aus war und er ein unmögliches Vorhaben nicht zu verfolgen brauchte.

Aber während er so dachte, empfand er zugleich eine innere Leere und Trauer. Es war ihm, als hätte er sich das Gelingen eines Vorsatzes nie sehnlicher gewünscht als eben diesmal.

Er führte das Pferd aus dem Stande, striegelte es und legte den Sattel auf.

106

Als er fertig war, kam der Wirt, dem die Karawanserei gehörte, mit einem brennenden Lichte auf ihn zu. Er sagte auf fränkisch: Ich mußte dir gestern dein Licht nehmen, als du einschliefst, aber hier hast du es wieder.«

Raniero ließ sich nichts anmerken, sondern sagte ganz gelassen: »Es war klug von dir, daß du es ausgelöscht hast.«

»Ich habe es nicht ausgelöscht«, sagte der Mann. »Ich sah, daß du es brennen hattest, als du kamst, und ich glaubte, es sei von Gewicht für dich, daß es weiter brenne. Wenn du siehst, um wieviel es sich verringert hat, wirst du begreifen, daß es die ganze Nacht gebrannt hat.«

Raniero strahlte vor Freude.

Er rühmte den Wirt sehr und ritt in bester Laune weiter.

4

Als Raniero von Jerusalem aufbrach, hatte er den Seeweg von Joppe nach Italien nehmen wollen, aber er änderte diesen Entschluß, als die Räuber ihn um sein Geld plünderten, und beschloß, über Land zu ziehen.

Es war eine lange Reise. Er zog von Joppe nördlich, der Küste Syriens entlang. Dann ging die Fahrt nach Westen, längs der Halbinsel von Kleinasien. Dann wieder nördlich bis hinauf nach Konstantinopel. Und von dort hatte er noch eine ansehnliche Strecke Wegs bis Florenz.

Während dieser ganzen Zeit lebte Raniero von frommen Gaben.

Meistens waren es die Pilger, die nun in Massen nach Jerusalem strömten, die ihr Brot mit ihm teilten.

Obgleich Raniero fast immer allein ritt, waren seine Tage weder lang noch einförmig. Er hatte allezeit die Lichtflamme zu hüten und konnte sich um ihretwillen niemals ruhig fühlen. Es brauchte nur ein Wind, nur ein Regentropfen zu kommen, und es war um sie geschehen.

Während Raniero einsame Wege ritt und nur daran dachte, die Lichtflamme am Leben zu erhalten, kam es ihm in den Sinn, daß er schon einmal zuvor etwas Ähnliches erlebt hatte. Er hatte schon einmal zuvor einen Menschen über etwas wachen sehen, was ebenso verletzlich war wie eine Lichtflamme.

Dies schwebte ihm anfangs so undeutlich vor, daß er nicht recht wußte, ob es etwas war, was er geträumt hatte. Aber während er einsam durch das Land zog, kam der Gedanke, daß er schon einmal etwas Ähnliches miterlebt habe, unablässig wieder.

»Es ist, als hätt ich mein ganzes Leben lang von nichts anderem gehört«, sagte er.

Eines Abends ritt Raniero in eine Stadt ein. Es dunkelte, und die Frauen standen in den Türen und schauten nach ihren Männern aus. Da sah Raniero eine, die hoch und schlank war und ernste Augen hatte. Sie erinnerte ihn an Francesca degli Uberti.

In demselben Augenblick gelangte Raniero zur Klarheit, worüber er nachgegrübelt hatte. Er dachte, daß für Francesca ihre Liebe sicherlich wie eine Lichtflamme gewesen war, die sie immer brennend hatte erhalten wollen, und von der sie stets gefürchtet hatte, daß Raniero sie verlöschen würde. Er wunderte sich über diesen Gedanken, aber immer mehr ward es ihm zur Gewißheit, daß es sich so verhielt. Zum ersten Male begann er zu verstehen, warum Francesca ihn verlassen hatte und daß er sie nicht durch Waffentaten wiedererobern konnte.

Ranieros Reise wurde sehr langwierig. Und dies nicht zum wenigsten darum, weil er sie nicht fortsetzen konnte, wenn das Wetter ungünstig war. Dann saß er in der Karawanserei und bewachte die Lichtflamme. Das waren sehr harte Tage.

Eines Tages, als Raniero über den Berg Libanon ritt, sah er, daß sich die Wolken zu einem Unwetter zusammenzogen. Er war da hoch oben zwischen furchtbaren Klüften und Abstürzen, fern von allen menschlichen Behausungen. Endlich erblickte er auf einer Felsspitze ein sarazenisches Heiligengrab. Es war ein kleiner viereckiger Steinbau mit gewölbtem Dache. Es deuchte ihn am besten, seine Zuflucht dorthin zu nehmen.

Kaum war Raniero hineingekommen, als ein Schneesturm losbrach, der zwei Tage raste. Zugleich kam eine so furchtbare Kälte, daß er nahe daran war zu erfrieren. Raniero wußte, daß es draußen auf dem Berge genug Zweige und Reisig gab, so daß es ein leichtes für ihn gewesen wäre, Brennstoff zu einem Feuer zu sammeln. Allein er hielt die Lichtflamme, die er trug, sehr heilig und wollte mit ihr nichts anderes entzünden als die Lichter vor dem Altar der Heiligen Jungfrau.

Das Unwetter wurde immer ärger, und schließlich hörte er heftiges Donnern und sah Blitze.

Und ein Blitz schlug auf dem Berge dicht vor dem Grabe ein und entzündete einen Baum. Und so hatte Raniero eine Flamme, ohne daß er das heilige Feuer anzutasten brauchte.

Als Raniero durch einen öden Teil der Berggegend von Cilicien ritt, ging sein Licht zur Neige. Die Kerzenbündel, die er von Jerusalem mitgebracht hatte, waren längst aufgebraucht, aber er hatte sich doch weiterhelfen können, weil auf dem ganzen Wege christliche Gemeinden gewesen waren, wo er sich neue Lichter erbetteln konnte.

Aber nun war sein Vorrat zu Ende, und er glaubte, daß dies das Ende seiner Fahrt sein würde.

Als das Licht so tief herabgebrannt war, daß die Flamme seine Hand versengte, sprang er vom Pferde, sammelte Reisig und trockenes Gras und entzündete dies mit dem letzten Überbleibsel der Flamme. Aber auf dem Berge fand sich nicht viel, was brennen konnte, und das Feuer mußte bald verlöschen.

Wie Raniero so saß und sich darüber betrübte, daß die heilige Flamme sterben mußte, hörte er vom Wege her Gesang, und eine Prozession von Wallfahrern kam mit Kerzen in den Händen den Pfad herangezogen. Sie waren auf dem Wege zu einer Grotte, in der ein heiliger Mann gelebt hatte, und Raniero schloß sich ihnen an. Unter ihnen befand sich auch eine Frau, die alt war und nur schwer gehen konnte, und Raniero half ihr und schleppte sie den Berg hinauf.

Als sie ihm dann dankte, machte er ihr ein Zeichen, daß sie ihm ihre Kerze geben möge. Und sie tat es, und auch mehrere andere schenkten ihm Kerzen, die sie trugen.

Er löschte die Lichter und eilte den Pfad hinunter und entzündete eines von ihnen an der letzten Glut des Feuers, das von der heiligen Flamme entzündet war.

Einmal um die Mittagsstunde war es sehr heiß, und Raniero hatte sich in ein Gebüsch schlafen gelegt. Er schlief tief, und das Licht stand zwischen ein paar Steinen neben ihm. Aber als Raniero ein Weilchen geschlafen hatte, begann es zu regnen, und dies dauerte ziemlich lange, ohne daß er erwachte. Als er endlich aus dem Schlummer auffuhr, war der Boden rings um ihn naß, und er wagte kaum zu dem Lichte hinzusehen, aus Furcht, daß es erloschen sein könnte.

Aber das Licht brannte still und ruhig mitten im Regen,

110

und Raniero sah, daß dies daher kam, daß zwei kleine Vögelchen über der Flamme flogen und flatterten. Sie schnäbelten sich und hielten die Flügel ausgebreitet, und so hatten sie die Lichtflamme vor dem Regen geschützt.

Raniero nahm sogleich seine Kapuze ab und hing sie über das Licht. Dann streckte er die Hand nach den kleinen Vögeln aus, denn er hatte Lust, sie zu liebkosen. Und sieh da, keiner von ihnen flog von ihm fort, sondern er konnte sie einfangen.

Raniero staunte sehr, daß die Vögel keine Angst vor ihm hatten. Aber er dachte: Das kommt daher, daß sie wissen, daß ich keinen anderen Gedanken habe, als das zu schützen, was das Schutzbedürftigste ist, darum fürchten sie mich nicht.

Raniero ritt in der Nähe von Nicäa. Da begegnete er ein paar abendländischen Rittern, die ein Entsatzheer ins heilige Land führten. In dieser Schar befand sich auch Robert Taillefer, der ein wandernder Ritter und Troubadour war.

Raniero kam in seinem fadenscheinigen Mantel mit dem Lichte in der Hand herangeritten, und die Krieger begannen wie gewöhnlich zu rufen: »Ein Toller, ein Toller!« Aber Robert hieß sie schweigen und sprach den Reiter an:

»Bist du lange so gezogen?« fragte er ihn.

»Ich bin so von Jerusalem hergeritten«, antwortete Raniero.

»Ist dein Licht nicht unterwegs oftmals erloschen?«

»An meiner Kerze brennt noch dieselbe Flamme, wie da ich von Jerusalem auszog«, sagte Raniero.

Da sprach Robert Taillefer zu ihm: »Ich bin auch einer von denen, die eine Flamme tragen, und ich wollte, daß sie ewig brennen könnte. Aber vielleicht kannst du, der du dein Licht brennend von Jerusalem hergebracht hast, mir sagen, was ich tun soll, damit sie nicht erlösche.«

Da erwiderte Raniero: »Herr, das ist ein schweres Beginnen, obgleich es von geringem Gewicht scheint. Ich will Euch wahrlich nicht zu solch einem Vorhaben raten. Denn diese kleine Flamme verlangt von Euch, daß Ihr ganz aufhört, an etwas anderes zu denken. Sie gestattet Euch nicht, eine Liebste zu haben, falls Ihr zu derlei geneigt sein solltet, auch dürft Ihr es um dieser Flamme willen nicht wagen, Euch bei einem Trinkgelage niederzulassen. Ihr dürft nichts anderes im Sinne haben als eben diese Flamme, und keine andre Freude darf Euch eigen sein. Aber warum ich Euch vor allem abrate, dieselbe Fahrt zu tun, die ich nun versucht habe, das ist, weil Ihr Euch keinen Augenblick sicher fühlen könnt. Aus wie vielen Gefahren Ihr auch die Flamme gerettet haben mögt, Ihr dürft Euch keinen Augenblick geborgen wähnen, sondern Ihr müßt darauf gefaßt sein, daß sie Euch im nächsten Augenblick entrissen werde.«

Raniero war nach Italien gekommen. Er ritt eines Tages auf einsamen Pfaden durch das Gebirge. Da kam ihm eine Frau nachgeeilt und bat ihn um Feuer von seinem Lichte. »Bei mir ist das Feuer erloschen«, sagte sie, »meine Kinder hungern. Leihe mir Feuer, damit ich meinen Ofen wärmen und ihnen Brot backen kann!«

Sie streckte die Hand nach dem Lichte aus, aber Raniero entzog es ihr, weil er nicht zulassen wollte, daß etwas anderes an dieser Flamme entzündet werde als die Lichter vor dem Bilde der Heiligen Jungfrau.

Da sagte die Frau zu ihm: »Gib mir Feuer, Pilger, denn meiner Kinder Leben ist die Flamme, die brennend zu bewahren mir auferlegt ist!« Und um dieser Worte willen ließ Raniero sie den Docht ihrer Lampe an seiner Flamme entzünden.

Einige Stunden später ritt Raniero in ein Dorf. Es lag hoch

oben auf dem Berge, so daß bittre Kälte dort herrschte. Ein junger Bauer stand am Wege und sah den armen Mann, der in seinem fadenscheinigen Rocke geritten kam. Rasch nahm er den kurzen Mantel ab, den er trug, und warf ihn dem Reiter zu. Aber der Mantel fiel gerade auf das Licht und löschte die Flamme.

Da erinnerte sich Raniero an die Frau, die Feuer von ihm geliehen hatte. Er kehrte zu ihr zurück und entzündete sein Licht wiederum mit dem heiligen Feuer.

Als er weiterreiten wollte, sagte er zu ihr: »Du sagst, die Lichtflamme, die du zu hüten hast, sei das Leben deiner Kinder. Kannst du mir sagen, welchen Namen die Lichtflamme trägt, die ich so weither bringe?«

»Wo wurde deine Lichtflamme entzündet?« fragte die Frau.

»Sie wurde an Christi Grab entzündet.«

»Dann kann sie wohl nicht anders heißen als Milde und Menschenliebe«, sagte sie.

Raniero mußte über die Antwort lachen. Er deuchte sich ein seltsamer Apostel für solche Tugenden.

Raniero ritt zwischen blauen Hügeln von schöner Gestalt. Er sah, daß er sich in der Nähe von Florenz befand.

Er dachte daran, daß er nun bald von der Lichtflamme befreit sein würde. Er erinnerte sich an sein Zelt in Jerusalem, das er voll Kriegsbeute zurückgelassen hatte, und an die tapferen Krieger, die er noch in Palästina hatte und die sich freuen würden, wenn er das Kriegerhandwerk wieder aufnähme und sie zu Siegen und Eroberungen führte.

Da merkte Raniero, daß er keineswegs Freude empfand, wenn er daran dachte, sondern daß seine Gedanken lieber eine andre Richtung nahmen.

Raniero sah zum ersten Male ein, daß er nicht mehr derselbe Mann war, als der er Jerusalem verlassen hatte. Dieser Ritt mit der Lichtflamme hatte ihn gezwungen, sich an allen zu freuen, die friedfertig und klug und barmherzig waren, und die Wilden und Streitsüchtigen zu verabscheuen. Er wurde jedesmal froh, wenn er an Menschen dachte, die friedlich in ihrem Heim arbeiteten, und es ging ihm durch den Sinn, daß er gern in seine alte Werkstatt in Florenz einziehen und schöne, kunstreiche Arbeit verfertigen wolle.

Wahrlich, diese Flamme hat mich umgewandelt, dachte er. Ich glaube, sie hat einen andern Menschen aus mir gemacht.

5

Es war Ostern, als Raniero in Florenz einritt.

Kaum war er durch das Stadttor gekommen, rücklings reitend, die Kapuze über das Gesicht gezogen und das brennende Licht in der Hand, als auch schon ein Bettler aufsprang und das gewohnte »Pazzo, pazzo!« rief.

Auf diesen Ruf stürzte ein Gassenjunge aus einem Torweg, und ein Tagedieb, der die längste Zeit nichts andres zu tun gehabt hatte, als dazuliegen und den Himmel anzugucken, sprang auf seine Füße. Und beide begannen dasselbe zu rufen: »Pazzo, pazzo!« Da ihrer nun drei waren, die schrien, so machten sie Lärm genug, um alle Burschen aus der ganzen Straße aufzuscheuchen. Diese kamen aus Ecken und Winkeln herbeigestürzt, und sowie sie Raniero in seinem fadenscheinigen Mantel auf seinem elenden Klepper gewahrten, riefen sie: »Pazzo, pazzo!«

Aber dies war nichts andres, als woran Raniero schon gewöhnt war. Er ritt still durch die Gasse, ohne die Schreier zu beachten.

Sie begnügten sich jedoch nicht damit, zu rufen, sondern einer von ihnen sprang in die Höhe und versuchte, das Licht auszublasen.

Raniero hob das Licht empor. Zugleich versuchte er, das Pferd anzutreiben, um den Jungen zu entkommen.

Doch die hielten gleichen Schritt mit ihm und taten alles, was sie konnten, um das Licht auszulöschen.

Je mehr Raniero sich anstrengte, die Flamme zu behüten, desto eifriger wurden sie. Sie sprangen einander auf den Rükken, sie bliesen die Backen auf und pusteten. Sie warfen ihre Mützen nach dem Licht. Nur weil ihrer so viele waren und sie einander wegdrängten, gelang es ihnen nicht, die Lichtflamme zu töten.

Auf der Gasse herrschte das fröhlichste Treiben. An den Fenstern standen Leute und lachten. Niemand fühlte Mitleid mit dem Verrückten, der seine Lichtflamme verteidigen wollte. Es war Kirchenzeit, und viele waren auf dem Weg zur Messe. Auch sie blieben stehen und lachten über den Spaß.

Aber nun stand Raniero aufrecht im Sattel, um das Licht zu bergen. Er sah wild aus. Die Kapuze war hinabgesunken, und man sah sein Gesicht, das bleich und abgezehrt war wie das eines Märtyrers. Das Licht hielt er erhoben, so hoch er vermochte.

Die ganze Gasse war ein einziges Gewühl. Auch die Älteren begannen an dem Spiele teilzunehmen. Die Frauen wehten mit ihren Kopftüchern, und die Männer schwenkten die Barette. Alle arbeiteten daran, das Licht zu verlöschen.

Raniero ritt nun an einem Hause vorbei, das einen Altan hatte. In diesem stand eine Frau. Sie beugte sich über das Geländer, riß das Licht an sich und eilte damit hinein.

Das ganze Volk brach in Gelächter und Jubel aus, aber Raniero wankte im Sattel und stürzte auf die Straße.

Aber wie er da ohnmächtig und geschlagen lag, wurde die Straße sogleich menschenleer.

Keiner wollte sich des Gefallenen annehmen. Sein Pferd allein blieb neben ihm stehen.

Sowie die Volksmenge sich von der Straße zurückgezogen hatte, kam Francesça degli Uberti mit einem brennenden Lichte in der Hand aus ihrem Hause. Sie war noch schön, ihre Züge sanft, und ihre Augen ernst und tief.

Sie ging auf Raniero zu und beugte sich über ihn. Raniero lag bewußtlos, aber in dem Augenblick, in dem der Lichtschein auf sein Antlitz fiel, machte er eine Bewegung und fuhr auf. Es sah aus, als ob die Lichtflamme alle Macht über ihn hätte.

Als Francesca sah, daß er zur Besinnung erwacht war, sagte sie: »Hier hast du dein Licht. Ich entriß es dir, weil ich sah, wie sehr es dir am Herzen lag, es brennend zu erhalten. Ich wußte keinen andern Weg, um dir zu helfen.«

Raniero hatte sich beim Fallen übel zugerichtet. Aber nun konnte niemand ihn halten. Er begann sich langsam aufzurichten. Er wollte gehen, schwankte aber und war nahe daran, wieder zu fallen. Da versuchte er sein Pferd zu besteigen. Francesca half ihm. »Wo willst du hin?« fragte sie, als er wieder im Sattel saß.

»Ich will zur Domkirche«, sagte er.

»Dann will ich dich geleiten«, sagte sie, »denn ich gehe zur Messe.« Und sie nahm den Zügel und führte das Pferd.

Francesca hatte Raniero vom ersten Augenblick an erkannt. Aber Raniero sah nicht, wer sie war, denn er gönnte sich nicht die Zeit, sie zu betrachten. Er hielt den Blick nur auf die Lichtflamme geheftet.

Auf dem Wege sprachen sie kein Wort. Raniero dachte nur an die Lichtflamme, daran, sie in diesen letzten Augenblikken wohl zu hüten. Francesca konnte nicht sprechen, weil sie es deuchte, daß sie nicht klaren Bescheid über das haben wolle, was sie fürchtete. Sie konnte nichts anderes glauben, als daß Raniero wahnsinnig heimgekommen wäre. Aber obgleich sie beinahe davon überzeugt war, wollte sie doch lieber nicht mit ihm sprechen, um nicht volle Gewißheit zu erlangen.

Nach einer Weile hörte Raniero, wie jemand neben ihm weinte. Er sah um und merkte, daß es Francesca degli Uberti war, die neben ihm ging, und wie sie so ging, weinte sie. Aber Raniero sah sie nur einen Augenblick und sagte nichts zu ihr. Er wollte nur an die Lichtflamme denken.

Raniero ließ sich zur Sakristei führen. Da stieg er vom Pferde. Er dankte Francesca für ihre Hilfe, sah aber noch immer nicht sie an, sondern das Licht. Er ging allein in die Sakristei zu den Geistlichen.

Francesca trat in die Kirche. Es war Karsamstag, und alle Lichter in der Kirche standen unentzündet auf ihren Altären, zum Zeichen der Trauer. Francesca deuchte es, daß auch bei ihr jede Flamme der Hoffnung, die einst in ihr gebrannt hatte, erloschen wäre.

In der Kirche ging es sehr feierlich zu. Vor dem Altare standen viele Priester. Zahlreiche Domherren saßen im Chore, der Bischof zuoberst unter ihnen.

Nach einer Weile merkte Francesca, daß unter den Geistlichen eine Bewegung entstand. Beinahe alle, die nicht bei der Messe anwesend sein mußten, erhoben sich und gingen in die Sakristei. Schließlich ging auch der Bischof.

Als die Messe zu Ende war, betrat ein Geistlicher den Chor und begann zum Volke zu sprechen. Er erzählte, daß Raniero di Ranieri mit heiligem Feuer aus Jerusalem nach Florenz gekommen war. Er erzählte, was der Ritter auf dem Wege geduldet und erlitten hatte. Und er pries ihn über alle Maßen.

Die Menschen saßen staunend da und hörten dies. Francesca hatte nie eine so selige Stunde erlebt. »O Gott«, seufzte sie, »dies ist mehr Glück, als ich tragen kann.« Ihre Tränen strömten, während sie lauschte. Der Prieser sprach lange und beredt. Zum Schlusse sagte er mit mächtiger Stimme: »Nun kann es gewißlich eine geringe Sache scheinen, daß eine Lichtflamme hierher nach Florenz gebracht wurde. Aber ich sage euch: Betet zu Gott, daß er Florenz viele Träger des ewigen Feuers schenke, dann wird es eine große Macht werden und gebenedeit unter den Städten.«

Als der Priester zu Ende gesprochen hatte, wurden die Haupttore der Domkirche weit geöffnet, und eine Prozession, so gut sie sich in aller Eile hatte ordnen können, zog herein. Da gingen Domherren und Mönche und Geistliche, und sie zogen durch den Mittelgang zum Altare. Zuallerletzt ging der Bischof und an seiner Seite Raniero in demselben Mantel, den er auf dem ganzen Wege getragen hatte.

Aber als Raniero über die Schwelle der Kirche trat, stand ein alter Mann auf und ging auf ihn zu. Es war Oddo, der Vater eines Gesellen, den Raniero in seiner Werkstatt gehabt hatte und der sich um seinetwillen erhängt hatte.

Als dieser Mann zum Bischof und zu Raniero gekommen war, neigte er sich vor ihnen. Hierauf sagte er mit so lauter Stimme, daß alle in der Kirche ihn hörten: »Es ist eine große Sache für Florenz, daß Raniero mit heiligem Feuer von Jerusalem gekommen ist. Solches ist nie zuvor vernommen worden. Vielleicht, daß darum auch manche sagen werden, es sei unmöglich. Darum bitte ich, daß man das ganze Volk wissen lasse, welche Beweise und Zeugen Raniero dafür gebracht hat, daß dies wirklich Feuer ist, das in Jerusalem entzündet wurde.«

Als Raniero diese Worte vernahm, sagte er: »Nun helfe mir Gott. Wie könnte ich Zeugen haben? Ich habe den Weg allein gemacht. Wüsten und Wildnisse mögen kommen und für mich zeugen.«

»Raniero ist ein ehrlicher Ritter«, sagte der Bischof, »und wir glauben ihm auf sein Wort.«

»Raniero hätte wohl selbst wissen können, daß hierüber Zweifel entstehen würden«, sagte Oddo. »Er wird wohl nicht ganz allein geritten sein. Seine Knappen können wohl für ihn zeugen.«

Da trat Francesca degli Uberti aus der Volksmenge und eilte auf Raniero zu. »Was braucht es Zeugen?« rief sie. »Alle Frauen von Florenz wollen einen Eid ablegen, daß Raniero die Wahrheit spricht.«

Da lächelte Raniero, und sein Gesicht erhellte sich für einen Augenblick. Aber dann wendete er seine Blicke und seine Gedanken wieder der Lichtflamme zu.

In der Kirche entstand ein großer Aufruhr. Einige sagten, daß Raniero die Lichter auf dem Altar nicht entzünden dürfe, ehe seine Sache bewiesen war. Zu diesen gesellten sich viele seiner alten Feinde.

Da erhob sich Jacopo degli Uberti und sprach für Ranieros Sache. »Ich denke, daß alle hier wissen, daß zwischen mir und meinem Eidam nicht allzu große Freundschaft geherrscht hat«, sagte er, »aber jetzt wollen sowohl ich wie meine Söhne uns für ihn verbürgen. Wir glauben, daß er die Tat vollbracht hat, und wir wissen, daß er, der es vermocht hat, ein solches Unternehmen auszuführen, ein weiser, behutsamer und edelgesinnter Mann ist, den wir uns freuen in unsrer Mitte aufzunehmen.«

Aber Oddo und viele andre waren nicht gesonnen, Raniero das Glück, das er erstrebte, zu gönnen. Sie sammelten sich in einem dichten Haufen, und es war leicht zu sehen, daß sie von ihrer Forderung nicht abstehen wollten.

Raniero begriff, daß sie, wenn es nun zum Kampfe käme, gleich versuchen würden, nach der Lichtflamme zu trachten. Während er die Blicke fest auf seine Widersacher geheftet hielt, hob er das Licht so hoch empor, als er nur konnte.

Er sah todmüde und verzweifelt aus. Man sah ihm an, daß er, wenn er auch so lange wie möglich aushalten wollte, doch nur eine Niederlage erwartete. Was frommte es ihm nun, wenn er die Flamme entzünden dürfte. Oddos Worte waren ein Todesstreich gewesen. Wenn der Zweifel einmal geweckt war, dann mußte er sich verbreiten und wachsen. Es deuchte ihn, daß Oddo schon die Lichtflamme für alle Zeit gelöscht hätte.

Ein kleines Vöglein flatterte durch die großen geöffneten Tore in die Kirche. Es flog geradewegs auf Ranieros Licht zu. Dieser konnte es nicht so rasch zurückziehen, und der Vogel stieß daran und löschte die Flamme.

Ranieros Arm sank herunter, und die Tränen traten ihm in die Augen. Aber im ersten Augenblick empfand er dies als eine Erleichterung. Es war besser, als daß Menschen sie getötet hätten. Das kleine Vöglein setzte seinen Flug in die Kirche fort, verwirrt hin und her flatternd, wie Vögel zu tun pflegen, wenn sie in einen geschlossenen Raum kommen. Da brauste mit einem Male durch die ganze Kirche der laute Ruf: »Der Vogel brennt! Die heilige Lichtflamme hat seine Flügel entzündet!«

Der kleine Vogel piepste ängstlich. Er flog ein paar Augenblicke wie eine flatternde Flamme unter den hohen Wölbungen des Chors umher. Dann sank er rasch und fiel tot vor dem Altar der Madonna nieder. Aber in demselben Augenblick, wo der Vogel auf den Altar niederfiel, stand Raniero da. Er hatte sich einen Weg durch die Kirche gebahnt, nichts hatte ihn halten können. Und an den Flammen, die die Schwingen des Vogels verzehrten, entzündete er die Kerzen vor dem Altar der Heiligen Jungfrau.

Da erhob der Bischof seinen Stab und rief: »Gott wollte es! Gott hat für ihn gezeugt!«

Von Raniero ist noch zu berichten, daß er hinfort seiner Lebtag großes Glück genoß und weise, behutsam und barmherzig war. Aber das Volk von Florenz nannte ihn immer Pazzo di Raniero, zur Erinnerung daran, daß man ihn für toll gehalten hatte. Und dies ward ein Ehrentitel für ihn. Er gründete ein edles Geschlecht, und dieses nahm den Namen Pazzi an, und so nennt es sich noch heute.

Es mag weiter berichtet werden, daß es in Florenz Sitte wurde, jedes Jahr am Karsamstag ein Fest zur Erinnerung an Ranieros Heimkunft mit dem heiligen Feuer zu feiern, und daß man dabei immer einen künstlichen Vogel mit Feuer durch den Dom fliegen läßt. Und so wird dieses Fest wohl auch noch in diesem Jahr begangen worden sein, wenn nicht ganz vor kurzem eine Änderung eingetreten ist.

Aber ob es wahr ist, wie viele meinen, daß die Träger heiligen Feuers, die in Florenz gelebt und die Stadt zu einer der herrlichsten der Erde gemacht haben, ihr Vorbild in Raniero fanden und dadurch ermutigt wurden, zu opfern, zu leiden und auszuharren, dies mag hier unausgesagt bleiben.

Denn was von dem Lichte bewirkt wurde, das in dunklen Zeiten von Jerusalem ausgegangen ist, läßt sich weder messen noch zählen.

Die Legende von der Christrose

Die Räubermutter, die in der Räuberhöhle im Göinger Walde hauste, hatte sich eines Tages auf einem Bettelzug in das Flachland hinunterbegeben. Der Räubervater war ein friedloser Mann und durfte den Wald nicht verlassen. Er mußte sich damit begnügen, den Wegfahrenden aufzulauern, die sich in den Wald wagten; doch zu der Zeit, als der Räubervater und die Räubermutter sich in dem Göinger Wald aufhielten, gab es im nördlichen Schonen nicht allzuviel Reisende. Wenn es sich also begab, daß der Räubervater ein paar Wochen lang kein Glück gehabt hatte, dann machte sich die Räubermutter auf die Wanderschaft. Sie nahm ihre fünf Kinder mit; und jedes der Kleinen hatte zerfetzte Fellkleider und Holzschuhe und trug auf dem Rücken einen Sack, der gerade so lang war wie es selbst. Wenn die Räubermutter zu einer Haustüre hereinkam, wagte niemand, ihr zu verweigern, was sie verlangte, denn sie überlegte manchmal nicht lange, sondern kehrte in der nächsten Nacht zurück und zündete das Haus an, in dem man sie nicht freundlich aufgenommen hatte. Die Räubermutter und ihre Nachkommenschaft waren ärger als die Wolfsbrut, und gar mancher hätte ihnen gern seinen guten Speer nachgeworfen, wenn nicht der Mann dort oben im Walde gewesen wäre und sich zu rächen gewußt hätte, wenn den Kindern oder der Alten etwas zuleide getan worden wäre.

Wie nun die Räubermutter bettelnd von Hof zu Hof zog, kam sie eines schönen Tages nach Öved, das zu jener Zeit ein Kloster war. Sie läutete an der Klosterpforte und verlangte etwas zu essen. Der Türhüter ließ ein kleines Schiebfensterchen herab und reichte ihr sechs runde Brote, eines für sie und eines für jedes Kind.

Während die Räubermutter still vor der Klosterpforte stand, liefen ihre Kinder umher. Dann kam eines von ihnen heran und zupfte die Mutter am Rocke, zum Zeichen, daß es etwas gefunden hätte, was sie sich ansehen sollte. Die Räubermutter ging auch gleich mit.

Das ganze Kloster war von einer hohen, starken Mauer umgeben, aber der kleine Junge hatte ein kleines angelehntes Hintertürchen gefunden. Die Räubermutter stieß sogleich das Pförtchen auf und trat, ohne erst viel zu fragen, ein, wie es eben bei ihr der Brauch war.

Das Kloster Öved wurde zu jener Zeit von Abt Johannes regiert, der ein gar pflanzenkundiger Mann war. Er hatte sich hinter der Klostermauer einen kleinen Lustgarten angelegt, und in diesen drang sie nun ein.

Im ersten Augenblick war sie so erstaunt, daß sie regungslos stehenblieb. Es war Hochsommerzeit, und der Garten des Abtes Johannes stand so voll Blumen, daß es blau und rot und gelb vor den Augen flimmerte, wenn man hinsah. Aber bald zeigte sich ein vergnügtes Lächeln auf dem Gesicht der Räubermutter. Sie begann, einen schmalen Gang zwischen vielen kleinen Blumenbeeten hinunterzugehen.

Im Garten stand ein Laienbruder, der Gärtnergehilfe war, und jätete das Unkraut aus. Er hatte die Tür in der Mauer halb offen gelassen, um Queckengras und Melde auf den Kehrichthaufen vor der Mauer werfen zu können. Als er die Räubermutter mit ihren fünf Bälgern in den Lustgarten treten sah, stürzte er ihnen sogleich entgegen und befahl ihnen, sich zu trollen. Die alte Bettlerin ging weiter, als sei nichts geschehen. Sie ließ die Blicke hinauf und hinab wandern, sah bald die starren weißen Lilien an, die sich auf einem Beet ausbreiteten, und bald den Efeu, der die Klosterwand hoch emporkletterte, und bekümmerte sich nicht im geringsten um den Laienbruder.

Der Laienbruder dachte, sie hätte ihn nicht verstanden, und wollte sie am Arm nehmen, um sie nach dem Ausgang umzudrehen, aber die Räubermutter warf ihm einen Blick zu, vor dem er zurückprallte. Sie war unter ihrem Bettelsack mit gebeugtem Rücken gegangen, aber jetzt richtete sie sich zur vollen Höhe auf.

»Ich bin die Räubermutter aus dem Göinger Wald«, sagte sie. »Rühr mich nur an, wenn du es wagst.« Und es sah aus, als ob sie nach diesen Worten ebenso sicher wäre, in Frieden von dannen ziehen zu können, als hätte sie verkündet, daß sie die Königin von Dänemark sei.

Aber der Laienbruder wagte dennoch, sie zu stören, obgleich er jetzt, wo er wußte, wer sie war, recht sanftmütig zu ihr sprach.

»Du mußt wissen, Räubermutter«, sagte er, »daß dies ein Mönchskloster ist und daß es keiner Frau im Lande verstattet ist, hinter diese Mauer zu treten. Wenn du nun nicht deiner Wege gehst, werden die Mönche mir zürnen, weil ich vergessen habe, das Tor zu schließen; sie werden mich vielleicht von Kloster und Garten verjagen.«

Doch solche Bitten waren an die Räubermutter verschwendet. Sie ging weiter durch die Rosenbeete und sah sich den Ysop an, der mit lilafarbenen Blüten bedeckt war, und das Kaprifolium, das voll rotgelber Blumentrauben hing.

Da wußte sich der Laienbruder keinen anderen Rat, als in das Kloster zu laufen und um Hilfe zu rufen. Er kam mit zwei handfesten Mönchen zurück, und die Räubermutter sah sogleich, daß es nun ernst wurde. Sie stellte sich breitbeinig auf den Weg und begann mit gellender Stimme herauszuschreien, welche furchtbare Rache sie an dem Kloster nehmen würde, wenn sie nicht im Lustgarten bleiben dürfte, so lange sie wollte. Aber die Mönche fürchteten sich nicht und schickten sich an, sie zu vertreiben. Da stieß die Räubermutter schrille Schreie aus, stürzte sich auf die Mönche, kratzte und biß, und alle ihre Sprößlinge machten es ebenso. Den drei Männern blieb nichts anderes übrig, als in das Kloster zu gehen und Verstärkung zu holen.

Als sie über den Pfad liefen, der in das Kloster führte, begegneten sie dem Abt Johannes, der herbeigeeilt war, um zu sehen, wer da im Lustgarten so lärmte. Da mußten sie gestehen, daß die Räubermutter aus dem Göinger Walde in das Kloster eingedrungen war. Abt Johannes tadelte sie, daß sie Gewalt angewendet hatten, und verbot ihnen, um Hilfe zu rufen. Er schickte die beiden Mönche zu ihrer Arbeit zurück, und obgleich er ein alter, gebrechlicher Mann war, nahm er nur den Laienbruder mit in den Garten.

Als Abt Johannes dort anlangte, ging die Räubermutter wie zuvor zwischen den Beeten umher. Er konnte sich nicht genug über sie wundern. Er war ganz sicher, daß die Räubermutter nie zuvor in ihrem Leben einen Lustgarten erblickt hatte. Aber wie dem auch sein mochte – sie ging zwischen allen den kleinen Beeten mit den fremden und seltsamen Blumen umher und betrachtete sie, als wären es alte Bekannte. Es sah aus, als hätte sie schon öfters Immergrün und Salbei und Rosmarin gesehen. Einigen Blumen lächelte sie zu, und über andere wieder schüttelte sie den Kopf.

Abt Johannes liebte seinen Garten mehr als alle anderen irdischen und vergänglichen Dinge. So wild und grimmig die Räubermutter auch aussah, so konnte er es doch nicht lassen, Gefallen daran zu finden, daß sie mit drei Mönchen gekämpft hatte, um die Blumen in Ruhe betrachten zu können. Er ging auf sie zu und fragte sie freundlich, ob ihr der Garten gefalle.

Die Räubermutter wendete sich heftig gegen Abt Johannes, denn sie war nur auf Hinterhalt und Überfall gefaßt, aber als sie seine weißen Haare und seinen gebeugten Rücken sah, antwortete sie ganz freundlich: »Als ich ihn erblickte, schien es mir, als ob ich nie etwas Schöneres gesehen hätte, aber jetzt merke ich, daß er sich mit einem anderen Garten nicht messen kann, den ich kenne.«

Abt Johannes hatte sicherlich eine andere Antwort erwartet. Als er hörte, daß die Räubermutter einen Lustgarten kenne, der schöner wäre als der seine, bedeckten sich seine runzeligen Wangen mit einer schwachen Röte.

Der Gärtnergehilfe, der danebenstand, begann auch gleich die Räubermutter zurechtzuweisen.

»Dies ist Abt Johannes, Räubermutter«, sagte er, »der selber mit großem Fleiß und viel Mühe von fern und nah die Blumen für seinen Garten gesammelt hat. Wir wissen alle, daß es im ganzen schonischen Land keinen reicheren Lustgarten gibt, und es steht dir, die du das ganze liebe Jahr im wilden Walde hausest, wahrlich übel an, sein Werk zu tadeln.«

»Ich will niemanden tadeln, weder ihn noch dich«, sagte die Räubermutter, »ich sage nur, wenn ihr den Lustgarten sehen könntet, an den ich denke, dann würdet ihr jegliche Blume, die hier steht, ausraufen und sie als Unkraut fortwerfen.«

Aber der Gärtnergehilfe war kaum weniger stolz auf die Blumen als Abt Johannes selbst, und als er diese Worte hörte, begann er höhnisch zu lachen.

»Ich kann mir wohl denken, daß du nur so schwätzest, Räubermutter, um uns zu reizen«, sagte er; »das wird mir ein schöner Garten sein, den du dir unter Tannen und Wacholderbüschen im Göinger Wald eingerichtet hast! Ich wollte meine Seele verschwören, daß du überhaupt noch nie hinter einer Gartenmauer gewesen bist.«

Die Räubermutter wurde rot vor Ärger, daß man ihr mißtraute, und rief: »Es mag wohl sein, daß ich niemals zuvor hinter einer Gartenmauer gestanden habe, aber ihr Mönche, die ihr heilige Männer seid, solltet wohl wissen, daß der große Göinger Wald sich in jeder Weihnachtsnacht in einen Lustgarten verwandelt, um die Geburtsstunde unseres Herrn und Heilandes zu feiern. Wir, die wir im Wald leben, sehen dies jedes Jahr. In diesem Lustgarten habe ich so herrliche Blumen geschaut, daß ich es nicht wagte, die Hand zu erheben, um sie zu brechen.«

Da lachte der Laienbruder noch lauter und stärker: »Es ist gar leicht für dich, dazustehen und mit Dingen zu prahlen, die kein Menschen sehen kann. Ich kann nicht glauben, daß der Wald Christi Geburtsstunde feiert, wenn so unheilige Leute darin wohnen wie du und der Räubervater.«

»Und das was ich sage, ist doch ebenso wahr«, entgegnete die Räubermutter, »wie daß du es nicht wagen würdest, in einer Weihnachtsnacht in den Wald zu kommen, um es zu sehen.«

Der Laienbruder wollte ihr von neuem antworten, aber Abt Johannes bedeutete ihm durch ein Zeichen, stillzuschweigen. Abt Johannes hatte schon in seiner Kindheit erzählen hören, daß der Wald sich in der Weihnachtszeit in ein Feierkleid hülle. Er hatte sich oft danach gesehnt, es zu sehen, aber es war ihm niemals gelungen. Nun begann er die Räubermutter gar eifrig zu bitten, sie möge ihn um die Weihnachtszeit in die Räuberhöhle kommen lassen. Wenn sie nur eins ihrer Kinder schickte, ihm den Weg zu zeigen, dann wollte er allein hinaufreiten und sie nie und nimmer verraten, sondern sie reich belohnen, wie es nur in seiner Macht stünde.

Die Räubermutter weigerte sich zuerst. Sie dachte an den Räubervater und an die Gefahr, der sie ihn preisgab, wenn sie Abt Johannes in ihre Höhle kommen ließe, aber dann wurde doch der Wunsch in ihr übermächtig, dem Abt zu zeigen, daß der Lustgarten, den sie kannte, schöner war als der seinige, und sie gab nach.

»Aber mehr als einen Begleiter darfst du nicht mitnehmen«, sagte sie. »Und du darfst uns keinen Hinterhalt legen, so gewiß du ein heiliger Mann bist.«

Dies versprach Abt Johannes, und damit ging die Räubermutter.

Abt Johannes befahl dem Laienbruder, niemand zu verraten, was vereinbart worden war. Er fürchtete, daß die Mönche, wenn sie von seinem Vorhaben etwas erführen, einem alten Mann, wie er es war, nicht gestatten würden, hinauf in die Räuberhöhle zu ziehen. Auch er selbst wollte den Plan keiner Menschenseele verraten. Aber da begab es sich, daß der Erzbischof Absalon aus Lund gereist kam und eine Nacht in Öved verbrachte. Als nun Abt Johannes ihm seinen Garten zeigte, fiel ihm der Besuch der Räubermutter ein; und der Laienbruder, der dort umherging und arbeitete, hörte, wie der Abt dem Bischof von dem Räubervater erzählte, der nun seit vielen Jahren vogelfrei im Walde hauste, und um einen Freibrief für ihn bat, damit er wieder ein ehrliches Leben unter anderen Menschen beginnen könnte.

»Wie es jetzt geht«, sagte Abt Johannes, »wachsen seine Kinder zu ärgeren Missetätern heran, als er selbst einer ist, und wir werden es bald mit einer ganzen Räuberbande zu tun bekommen.«

Doch Erzbischof Absalon erwiderte, daß er den bösen

Räuber nicht auf die ehrlichen Leute im Lande loslassen wolle. Es sei für alle am besten, wenn er dort oben in seinem Walde bliebe.

Da wurde Abt Johannes eifrig und begann dem Bischof vom Göinger Wald zu erzählen, der sich jedes Jahr rings um die Räuberhöhle weihnachtlich schmücke. »Wenn diese Räuber nicht zu schlimm sind, Gottes Herrlichkeit zu sehen«, sagte er, »so können sie wohl auch nicht zu schlecht sein, um die Gnade der Menschen zu erfahren.«

Aber der Erzbischof wußte dem Abt zu antworten.

»Soviel kann ich dir versprechen, Abt Johannes«, sagte er und lächelte, »an welchem Tage immer du mir eine Blume aus dem Weihnachtsgarten des Göinger Waldes schickst, will ich dir einen Freibrief für alle Friedlosen geben, für die du bitten magst.«

Der Laienbruder sah, daß Bischof Absalon ebensowenig wie er selbst an die Geschichte der Räubermutter glaubte, aber Abt Johannes merkte nichts davon, sondern dankte Absalon für sein gütiges Versprechen und sagte, die Blume wolle er ihm schon schicken.

Abt Johannes setzte seinen Willen durch, und am nächsten Weihnachtsabend saß er nicht daheim in Öved, sondern war auf dem Wege nach Göinge. Einer der wilden Jungen der Räubermutter lief vor ihm her. Der Knecht, der im Lustgarten mit der Räubermutter gesprochen hatte, begleitete ihn. Abt Johannes hatte sich den ganzen Herbst schon sehr nach dieser Reise gesehnt und freute sich nun, daß sie zustande gekommen war. Ganz anders stand es mit dem Laienbruder, der ihm folgte. Er hatte Abt Johannes von Herzen lieb und würde es nicht gern einem anderen überlassen haben, ihn zu begleiten und über ihn zu wachen, aber er glaubte keineswegs, daß sie einen Weihnachtsgarten zu Gesicht bekommen würden. Er dachte, daß die Räubermutter Abt Johannes mit großer Schlauheit hereingelegt hatte, damit er ihrem Mann in die Hände falle.

Während Abt Johannes nordwärts zum Wald ritt, sah er, wie überall Anstalten getroffen wurden, das Weihnachtsfest zu feiern. In jedem Bauernhof machte man Feuer in der Bade-hütte; aus den Vorratskammern wurden große Mengen von Fleisch und Brot in die Wohnungen getragen, und aus den Tennen kamen die Burschen mit großen Strohgarben, die über den Boden gestreut werden sollten.

Als der Abt an dem kleinen Dorfkirchlein vorüberritt, sah er, wie der Priester und seine Küster damit beschäftigt waren, sie mit den besten Geweben zu schmücken, die sie nur hatten auftreiben können; und als er zu dem Wege kam, der nach dem Kloster Bosjö führte, sah er die Armen mit großen Brot-laiben und langen Kerzen daherwandern, die sie an der Klo-sterpforte geschenkt bekommen hatten.

Als Abt Johannes alle diese Weihnachtszurüstungen sah, spornte er zur Eile an. Er dachte daran, daß seiner das größte Fest harrte.

Doch der Knecht jammerte und klagte, als er sah, wie sie sich auch in der kleinsten Hütte anschickten, das Weih-nachtsfest zu feiern. Er wurde immer ängstlicher und bat und beschwor Abt Johannes, umzukehren und sich nicht freiwil-lig in die Hände der Räuber zu geben.

Aber Abt Johannes ritt weiter, ohne sich um die Klagen zu kümmern. Er hatte bald das Flachland hinter sich und kam nun hinauf in die einsamen, wilden Wälder. Hier wurde der Weg schlechter. Er war eigentlich nur noch ein steiniger, na-delbestreuter Pfad; nicht Brücke und Steg führten über die Flüsse und Bäche. Je länger sie ritten, desto kälter wurde es, und tief drinnen im Walde war der Boden mit Schnee bedeckt.

Es war ein langer und beschwerlicher Ritt. Sie zogen auf steilen und schlüpfrigen Pfaden über Moor und Sumpf, drangen durch Windbrüche und Dickicht. Gerade als der Tag zur Neige ging, führte der Räuberjunge sie über eine Waldwiese, die von nackten Laubbäumen und grünen Nadelbäumen umgeben war. Hinter der Wiese erhob sich eine Felswand, und in der Felswand war eine Tür aus rohen Planken. Abt Johannes stieg vom Pferde. Das Kind öffnete die schwere Tür, und er sah eine ärmliche Berggrotte mit nackten Steinwänden. Die Räubermutter saß an einem Blockfeuer, das mitten auf dem Boden brannte; an den Wänden waren Lagerstätten aus Tannenreisig und Moos, und auf einer von ihnen lag der Räubervater und schlief.

»Kommt herein, ihr dort draußen!« rief die Räubermutter, ohne aufzusehen. »Und bringt die Pferde mit, damit sie nicht in der Nachtkälte zugrunde gehen!«

Abt Johannes trat nun kühnlich in die Grotte, und der Laienbruder folgte ihm. Da sah es ganz ärmlich und dürftig und gar nicht weihnachtlich aus. Die Räubermutter hatte weder gebraut noch gebacken; sie hatte weder gefegt noch gescheuert. Ihre Kinder lagen auf der Erde rings um einen Kessel, in dem nur dünne Wassergrütze war.

Doch die Räubermutter war ebenso stolz und selbstbewußt wie nur irgendeine wohlbestallte Bauersfrau.

»Setze dich nur hier ans Feuer, Abt Johannes, und wärme dich«, sagte sie, »und wenn du Wegzehrung mitgebracht hast, so iß, denn was wir hier im Walde kochen, wird dir wohl nicht munden. Und wenn du vom Ritt müde bist, kannst du dich auf einer dieser Lagerstätten ausstrecken. Du brauchst keine Angst zu haben, daß du verschlafen könntest. Ich sitze hier am Feuer und wache; ich werde dich schon wecken, damit du zu sehen bekommst, wonach du geritten bist.«

Abt Johannes gehorchte der Räubermutter in allen Stükken und nahm seinen Schnappsack hervor. Aber er war nach dem Ritt so müde, daß er kaum zu essen vermochte; und sowie er sich auf dem Lager ausgestreckt hatte, schlummerte er ein.

Dem Laienbruder ward auch eine Ruhestatt angewiesen, aber er wagte nicht zu schlafen. Er wollte ein wachsames Auge auf den Räubervater haben, damit dieser nicht aufstünde und Abt Johannes fesselte. Allmählich jedoch erlangte die Müdigkeit auch über ihn solche Gewalt, daß er einschlummerte. Als er erwachte, sah er, daß Abt Johannes sein Lager verlassen hatte, am Feuer saß und mit der Räubermutter Zwiegespräch pflog. Der Räubervater saß daneben. Er war ein hochaufgeschossener magerer Mann und sah schwerfällig und trübsinnig aus. Er kehrte Abt Johannes den Rücken, und es sah aus, als wolle er nicht zeigen, daß er dem Gespräch lauschte. Abt Johannes erzählte der Räubermutter von den Weihnachtsvorbereitungen, die er unterwegs gesehen hatte. Er erinnerte sie an die Weihnachtsfeste und die fröhlichen Weihnachtsspiele, die wohl auch sie in ihrer Jugend mitgemacht hatte, als sie noch in Frieden unter den Menschen lebte.

»Es ist ein Jammer, daß eure Kinder nie auf der Dorfstraße umhertollen oder im Weihnachtsstroh spielen dürfen«, sagte Abt Johannes. Die Räubermutter hatte ihm kurz und barsch geantwortet, aber so allmählich wurde sie kleinlauter und lauschte eifrig. Plötzlich wendete sich der Räubervater gegen den Abt Johannes und hielt ihm die geballte Faust vor das Gesicht.

»Du elender Mönch, bist du hierhergekommen, um Weib

und Kinder von mir fortzulocken? Weißt du nicht, daß ich ein friedloser Mann bin und diesen Wald nicht verlassen darf?«

Abt Johannes sah ihm unerschrocken und gerade in die Augen.

»Mein Wille ist es, dir einen Freibrief vom Erzbischof zu verschaffen«, sagte er. Kaum hatte er dies gesagt, als der Räubervater und die Räubermutter ein schallendes Gelächter anschlugen. Sie wußten nur zu wohl, welche Gnade ein Waldräuber vom Bischof Absalon zu erwarten hatte.

»Ja, wenn ich einen Freibrief von Absalon bekomme«, sagte der Räubervater, »dann gelobe ich dir, nie mehr auch nur eine Gans zu stehlen.«

Den Gärtnergehilfen verdroß es sehr, daß das Räuberpack sich vermaß, Abt Johannes auszulachen, aber dieser selbst schien es ganz zufrieden zu sein. Der Knecht hatte ihn kaum je friedvoller und milder unter seinen Mönchen auf Öved sitzen sehen, als er ihn jetzt unter den wilden Räuberleuten sah.

Plötzlich sprang die Räubermutter auf.

»Du sitzest hier und plauderst, Abt Johannes«, sagte sie, »und wir vergessen ganz, nach dem Wald zu sehen. Jetzt höre ich bis in unsere Höhle, wie die Weihnachtsglocken läuten.«

Kaum war dies gesagt, als alle aufsprangen und hinausliefen; aber im Wald war noch dunkle Nacht und grimmiger Winter. Das einzige, was man vernahm, war ferner Glockenklang, der von einem leisen Südwind hergetragen wurde.

»Wie soll dieser Glockenklang den toten Wald wecken können?« dachte Abt Johannes. Denn jetzt, wo er mitten im Waldesdunkel stand, schien es ihm viel unmöglicher als zuvor, daß hier ein Lustgarten erstehen könnte.

Aber als die Glocke ein paar Augenblicke geläutet hatte, zuckte plötzlich ein Lichtstrahl durch den Wald. Gleich darauf wurde es wieder dunkel, aber dann kam das Licht wieder.

Es kämpfte sich wie ein leuchtender Nebel durch die dunklen Bäume. Langsam ging die Dunkelheit in schwache Morgendämmerung über.

Da sah Abt Johannes den Schnee vom Boden verschwinden, als hätte jemand einen Teppich fortgezogen; und die Erde begann zu grünen. Das Farnkraut streckte seine Triebe hervor. Die Erika, die auf der Steinhalde wuchs, und der Porsch, der im Moor wurzelte, kleideten sich rasch in frisches Grün. Die Mooshügelchen schwollen und hoben sich; und die Frühlingsblumen schossen mit schwellenden Knospen auf und hatten schon einen Schimmer von Farbe.

Abt Johannes klopfte das Herz heftig, als er die ersten Zeichen sah, daß der Wald erwachen wollte. »Soll nun ich alter Mann ein solches Wunder schauen?« dachte er. Und die Tränen wollten ihm in die Augen treten.

Nun wurde es wieder so dämmrig, daß er fürchtete, die nächtliche Finsternis könnte aufs neue Macht erlangen. Aber sogleich flutete eine neue Lichtwelle herein. Die brachte Bachgemurmel und das Rauschen eisbefreiter Bergströme mit. Da schlugen die Blätter der Laubbäume so rasch aus, als hätten sich grüne Schmetterlinge auf den Zweigen niedergelassen. Und nicht nur die Bäume und Pflanzen erwachten. Die Kreuzschnäbel begannen über die Zweige zu hüpfen. Die Spechte hämmerten an die Stämme, daß die Holzsplitter nur so flogen. Ein Zug Stare ließ sich in einem Tannenwipfel nieder, um auszuruhen. Es waren prächtige Stare. Die Spitze jedes kleinen Federchens leuchtete glänzend rot. Wenn die Vögel sich bewegten, glitzerten sie wie Edelsteine. Wieder wurde es für ein Weilchen still, aber bald begann es von neuem. Ein starker, warmer Südwind blies und säte über die Waldwiese Samen aus südlichen Ländern, die von Vögeln und Schiffen und Winden in das Land gebracht worden wa-

134

ren. Sie schlugen Wurzeln und schossen Triebe in dem Augenblick, da sie den Boden berührten.

Als die nächste Welle kam, fingen Blaubeeren und Preiselbeeren zu blühen an. Wildgänse und Kraniche riefen hoch oben in der Luft; die Buchfinken bauten ihr Nest; Eichhörnchen spielten in den Baumzweigen.

Alles ging nun so rasch, daß Abt Johannes gar nicht mehr überlegen konnte; er konnte nur Augen und Ohren weit aufmachen. Die nächste Welle, die herangebraust kam, brachte den Duft frisch gepflügter Felder. Aus weiter Ferne hörte man Hirtinnen die Kühe locken und die Glöckchen der Lämmer klingeln. Tannen und Fichten bekleideten sich so dicht mit kleinen roten Zapfen, daß die Bäume wie Seide leuchteten. Der Wacholder trug Beeren, die jeden Augenblick die Farbe wechselten. Und die Waldblumen bedeckten den Boden, daß er ganz weiß und blau und gelb war. Abt Johannes beugte sich zur Erde und brach eine Erdbeerblüte. Und während er sich aufrichtete, reifte die Beere. Die Füchsin kam mit einer großen Schar schwarzbeiniger Jungen aus ihrer Höhle. Sie ging auf die Räubermutter zu und rieb sich an ihrem Rock. Die Räubermutter beugte sich zu ihr hinunter und lobte ihre Jungen. Der Uhu, der eben seine nächtliche Jagd begonnen hatte, kehrte ganz erstaunt über das Licht wieder nach Hause zurück, suchte seine Schlucht auf und legte sich schlafen. Der Kuckuck rief; und das Kuckucksweibchen umkreiste mit einem Ei im Schnabel die Nester der Singvögel.

Die Kinder der Räubermutter stießen zwitschernde Freudenschreie aus. Sie aßen sich an den Waldbeeren satt, die groß wie Tannenzapfen an den Sträuchern hingen. Eines spielte mit einer Schar junger Hasen, ein anderes lief mit den jungen Krähen um die Wette, die aus dem Nest gehüpft waren, das dritte hob die Natter vom Boden und wickelte sie sich um den Hals und Arm. Der Räubervater stand draußen auf dem Moor und aß Brombeeren. Als er aufsah, stand ein großes schwarzes Tier neben ihm. Da brach der Räubervater einen Weidenzweig und schlug dem Bären auf die Schnauze.

»Bleib du, wo du hingehörst«, sagte er. »Das ist mein Platz.« Da machte der Bär kehrt und trabte davon.

Immer wieder kamen neue Wellen von Wärme und Licht. Entengeschnatter klang vom Waldmoor herüber. Gelber Blütenstaub von den Feldern schwebte in der Luft. Schmetterlinge kamen, so groß, daß sie wie fliegende Lilien aussahen. Das Nest der Bienen in einer hohlen Eiche war schon so voll Honig, daß er am Stamm heruntertropfte. Jetzt begannen auch die Blumen sich zu entfalten, deren Samen aus fremden Ländern gekommen waren. Die Rosenbüsche kletterten um die Wette mit den Brombeeren die Felswand hinan, und oben auf der Waldwiese sprossen Blumen, so groß wie ein Menschengesicht. Abt Johannes dachte an die Blume, die er für Bischof Absalon pflücken wollte, aber eine Blume wuchs herrlicher heran als die andere, und er wollte die allerschönste wählen.

Welle um Welle kam, und jetzt war die Luft so von Licht durchtränkt, daß sie glitzerte. Und alle Lust und aller Glanz und alles Glück des Sommers lächelten rings um Abt Johannes. Es war ihm, als könnte die Erde keine größere Freude bringen. Aber das Licht strömte noch immer, und Abt Johannes fühlte, daß überirdische Luft ihn umwehte. Zitternd erwartete er des Himmels Herrlichkeit. Abt Johannes merkte, daß alles still wurde: Die Vögel verstummten, die jungen Füchslein spielten nicht mehr, und die Blumen hörten auf zu wachsen. Eine Seligkeit nahte, die das Herz stillstehen ließ; das Auge weinte, ohne daß es darum wußte, die Seele sehnte sich, in die Ewigkeit hinüberzufliegen. Aus weiter, weiter

Ferne hörte man leise Harfentöne und überirdischen Gesang. Abt Johannes faltete die Hände und sank in die Knie. Sein Gesicht strahlte von Seligkeit. Nie hatte er erwartet, daß es ihm beschieden sein würde, schon in diesem Leben des Himmels Wonne zu kosten und die Engel Weihnachtslieder singen zu hören.

Aber neben Abt Johannes stand der Gärtnergehilfe, der ihn begleitet hatte. Er sah den Räuberwald voll Grün und Blumen, und er wurde zornig in seinem Herzen, weil er erkannte, daß er einen solchen Lustgarten nie und nimmer schaffen konnte, so sehr er sich auch mit Hacke und Spaten mühen mochte. Er vermochte nicht zu begreifen, warum Gott solche Herrlichkeit an das Räubergesindel verschwendete, das seine Gebote mißachtete.

Finstere Gedanken zogen durch seinen Kopf. Das kann kein rechtes Wunder sein, dachte er, das sich bösen Missetätern zeigt. Das kann nicht von Gott stammen; das ist aus Zauberei entsprungen. Die Macht des bösen Feindes hat uns verhext und zwingt uns, das zu sehen, was nicht vorhanden ist.

In der Ferne hörte man Engelharfen klingen und Engelgesang ertönen, aber der Laienbruder glaubte, daß es die böse Macht des Teufels sei.

»Sie wollen uns locken und verführen«, seufzte er; »nie kommen wir mit heiler Haut davon; wir werden betört und der Hölle verkauft.«

Jetzt waren die Engelscharen so nahe, daß Abt Johannes ihre Lichtgestalten zwischen den Stämmen des Waldes schimmern sah. Und der Laienbruder sah dasselbe wie er, aber er hielt es für Arglist der bösen Geister und war empört, daß sie ihre Künste gerade in der Nacht trieben, in welcher der Heiland geboren war. Dies geschah ja nur, um die Christen um so sicherer ins Verderben zu stürzen.

Vögel umschwärmten das Haupt des Abtes, und er nahm sie in seine Hände. Aber vor dem Laienbruder fürchteten sich die Tiere; kein Vogel setzte sich auf seine Schulter, und auch keine Schlange spielte zu seinen Füßen. Nun war da eine kleine Waldtaube. Als sie merkte, daß die Engel nahe waren, nahm sie ihren ganzen Mut zusammen und flog dem Laienbruder auf die Schulter und schmiegte das Köpfchen an seine Wange. Da vermeinte er, daß ihm der Zauber endgültig auf den Leib rücke. Er wollte sich aber nicht in Versuchung führen und verderben lassen; er schlug mit der Hand nach der Waldtaube und rief mit lauter Stimme, daß es durch den Wald hallte:

»Zeuch zur Hölle, von wannen du kommen bist!« In diesem Augenblick waren die Engel so nahe, daß Abt Johannes den Hauch ihrer mächtigen Fittiche fühlte. Er hatte sich zur Erde geneigt, sie zu grüßen, aber als die Worte des Laienbruders ertönten, verstummte urplötzlich der Gesang, und die heiligen Gäste wandten sich zur Flucht. Ebenso flohen das Licht und die milde Wärme vor Schreck über die Kälte und Finsternis in einem Menschenherzen. Die Dunkelheit sank wieder auf die Erde herab; die Kälte kam, die Pflanzen verwelkten; die Tiere enteilten; das Rauschen der Wasserfälle verstummte; das Laub fiel von den Bäumen.

Abt Johannes fühlte, wie sein Herz, das eben vor Seligkeit gezittert hatte, sich jetzt in unsäglichem Schmerz zusammenkrampfte. Niemals kann ich dies überleben, dachte er, daß die Engel des Himmels mir so nahe waren und vertrieben wurden, daß sie mir Weihnachtslieder singen wollten und in die Flucht gejagt wurden.

In demselben Augenblick erinnerte er sich an die Blume, die er Bischof Absalon versprochen hatte, und er beugte sich zur Erde und tastete unter dem Moos und Laub, um noch etwas zu finden. Aber er fühlte, wie die Erde unter seinen Fingern gefror. Da ward sein Herzeleid noch größer. Er konnte sich nicht erheben, sondern mußte auf dem Boden liegenbleiben.

Als die Räuberleute und der Laienbruder sich in der tiefen Dunkelheit zur Räuberhöhle zurückgetappt hatten, da vermißten sie Abt Johannes. Sie nahmen glühende Scheite aus dem Feuer und zogen aus, ihn zu suchen; und sie fanden ihn tot auf der Schneedecke liegen.

Und der Laienbruder hub an, zu weinen und zu klagen, denn er erkannte, daß er es war, der Abt Johannes getötet hatte, weil er ihm den Freudenbecher entrissen, nach dem er gelechzt hatte.

Als Abt Johannes nach Öved hinuntergebracht worden war, sahen die Totenpfleger, daß er seine rechte Hand hart um etwas geschlossen hielt. Er mußte es in seiner Todesstunde umklammert haben. Und als sie die Hand endlich öffnen konnten, fanden sie ein paar weiße Wurzelknollen. Als der Laienbruder, der Abt Johannes geleitet hatte, diese Wurzel sah, nahm er sie und pflanzte sie in des Abtes Garten in die Erde.

Er pflegte sie und wartete das ganze Jahr, daß eine Blume daraus erblühe, doch er wartete vergebens den ganzen Frühling und Sommer und Herbst. Als endlich der Winter anbrach und alle Blätter und Blumen tot waren, hörte er auf zu warten. Als aber der Weihnachtsabend kam, wurde die Erinnerung an Abt Johannes so mächtig, daß er in den Lustgarten hinausging, seiner zu gedenken. Und siehe, als er an die Stelle kam, wo er die Wurzelknollen eingepflanzt hatte, da sah er üppige grüne Stengel, die schöne Blumen mit silberweißen Blüten trugen. Da rief er alle Mönche von Öved zusammen; und als sie sahen, daß diese Pflanze am Weihnachtsabend blühte, wo alle anderen Blumen tot waren, wußten sie, daß es wirklich die Pflanze war, die Abt Johannes im Weihnachtslustgarten des Göinger Waldes gepflückt hatte.

Der Laienbruder bat die Mönche, da ein so großes Wunder geschehen sei, einige von den Blumen dem Bischof Absalon zu schicken. Als der Laienbruder vor Bischof Absalon hintrat, reichte er ihm die Blumen und sagte: »Dies schickt dir Abt Johannes. Es sind die Blumen, die er dir aus dem Weihnachtslustgarten im Göinger Walde zu pflücken versprochen hat.«

Als Bischof Absalon die Blumen sah, die in dunkler Winternacht der Erde entsprossen waren, und als er die Worte hörte, wurde er so bleich, als wäre er einem Toten begegnet. Eine Weile saß er schweigend da, dann sagte er: »Abt Johannes hat sein Wort gehalten; so will auch ich das meine halten.« Und er ließ einen Freibrief für den wilden Räuber ausstellen, der von Jugend an friedlos im Walde gelebt hatte.

Er übergab dem Laienbruder den Brief, und dieser zog damit von dannen, hinauf in den Wald und zur Räuberhöhle. Er trat am Weihnachtstage dort ein, doch der Räuber eilte ihm mit erhobener Axt entgegen.

»Ich will euch Mönche niederschlagen, so viel euer auch sind!« rief er.

»Sicherlich hat sich um euretwillen der Göinger Wald nicht in sein Weihnachtskleid gehüllt.«

»Es ist einzig und allein meine Schuld«, sagte der Laienbruder, »und ich will gerne dafür sterben. Aber zuerst muß ich dir eine Botschaft von Abt Johannes bringen.« Und er zog den Brief des Bischofs heraus und verkündete dem Räuber, daß er nicht mehr vogelfrei sei, und zeigte ihm das Siegel Absalons, das an dem Pergamente hing.

»Fortab sollst du mit deinen Kindern im Weihnachtsstroh

spielen, und das Christfest unter den Menschen feiern, wie es der Wunsch Abt Johannes' war«, sagte er.

Da blieb der Räubervater stumm und bleich stehen, aber die Räubermutter sagte in seinem Namen: »Abt Johannes hat sein Wort getreulich gehalten, so wird auch der Räubervater das seine halten.«

Doch als der Räubervater und die Räubermutter aus der Räuberhöhle fortzogen, da zog der Laienbruder ein und hauste einsam im Walde und verbrachte seine Zeit in unablässigem Gebet, damit ihm seine Hartherzigkeit verziehen werde.

Und niemand darf ein strenges Wort über einen sagen, der bereut und sich bekehrt hat, wohl aber kann man wünschen, daß die bösen Worte des Laienbruders ungesagt geblieben wären, denn nie mehr hat der Göinger Wald die Geburtsstunde des Heilands gefeiert, und von seiner Herrlichkeit lebt nur noch die Pflanze, die Abt Johannes dereinst gepflückt hat.

Man hat sie Christrose genannt; und jedes Jahr läßt sie ihre weißen Blüten und ihre grünen Stengel um die Weihnachtszeit aus dem Erdreich sprießen, als könnte sie nie und nimmer vergessen, daß sie einmal in dem großen Weihnachtslustgarten gestanden hat.

Der erste im ersten Jahr des
zwanzigsten Jahrhunderts

Es war am Neujahrsmorgen des Jahres 1900. Die Uhr zeigte
fast die neunte Stunde, aber im Kirchspiel Svartsjö in Värmland war es noch beinah ganz dunkel. Die Sonne war noch
nicht über die langgestreckten niedrigen Waldfirste empor-
gestiegen.

Gerade als die Glocke schlug, öffnete sich die Tür zum
Pfarrhof, und der Pfarrer trat heraus, um in die Kirche zu gehen. Doch als er die Treppe hinuntergegangen war, blieb er
stehen, um auf jemand zu warten. Er war ein junger und eifriger Mann; er stand da und stampfte den Schnee wie ein unge-
duldiges Pferd.

Endlich zeigte sich seine Frau in der Tür. Sie war erstaunt,
daß er sich die Zeit genommen hatte, auf sie zu warten. »Das
ist schön, daß du gewartet hast«, sagte sie. – »Nein«, antwortete der Mann und lächelte, »das ist nicht schön. Ich möchte
mit dir über etwas sprechen.«

Die Glocken der Svartsjöer Kirche begannen zu läuten, als
er dies sagte. Er trat näher an die Frau heran und fragte sie, ob
sie höre, daß gerade jetzt die Glocken in Löfwik am andern
Ufer des Sees und dort oben in Bro läuteten?

»Es ist etwas Schönes um allen diesen Glockenklang«,
sagte der Pfarrer. – »Ja«, sagte sie, »ja, so ist es.« – »Hast du
daran gedacht, daß sie heute nacht in jeder Kirche in ganz
Värmland das neue Jahr eingeläutet haben? Die großen Erz-
schlünde haben es in die dunkle Winternacht hinausgerufen,

von den kleinen Kapellchen in Finmarken gerade so wie vom Domkirchenturm in Karlstadt.« – »Ja«, sagte sie, »daran hab ich auch gedacht.«

»Aber nicht nur in Värmland . . .« sagte der Pfarrer. »In ganz Schweden sind heute nacht die Kirchenglocken erklungen, ja, auf einem großen Teil der Erde.« – »Ja, das wird schon so sein«, sagte die Pastorin und wußte nicht recht, worauf der Mann hinauswolle.

»Das neue Jahr, das heute nacht geboren wurde, hat noch kaum etwas andres erlebt als dies Glockengeläute«, fuhr der Pfarrer fort. »Zuerst lag es ein wenig schlaftrunken und verschüchtert oben in den Wolken und wiegte sich und konnte in der tiefen Finsternis gar nicht sehen, woher es gekommen wäre. Da begegnete ihm der Glockenklang, der zu ihm hinaufdrang: stark und volltönig aus den großen Städten, wo die Kirchen einander nahestehen, schwächer und gleichsam rührend eintönig aus den kleinen verstreuten Dorfkirchlein. Ich lag heute morgen da und dachte daran, seit wir von dem Mitternachtsgottesdienste heimkamen. Als wir nach der Kirche heimgingen, da hast du etwas gesagt, was mich nicht schlafen ließ.«

Die Frau wußte sofort, was er meinte. Auf dem Heimwege hatten sie von der alten versperrten und versiegelten Truhe gesprochen, die Magister Eberhard Berggren vor achtzig Jahren in die Svartsjöer Kirche gestellt hatte, mit der Vorschrift, daß sie nicht vor dem Neujahrstag des Jahres neunzehnhundert eröffnet werden dürfe. Die Frau hatte gesagt, sie finde es unrecht, daß sie jetzt hervorgenommen und geöffnet werden solle. Jedermann wußte ja, daß die Truhe nichts andres enthielt als Schriften des Unglaubens und der Gottesleugnung.

Doch der Pfarrer hatte gemeint, wenn das Kirchspiel einmal die Truhe in seine Obhut genommen und versprochen hätte, Magister Eberhards Willen zu erfüllen, so könnte man nicht umhin, sie zu eröffnen. Niemand wüßte ja auch so recht, was eigentlich darin wäre.

»Ich habe gehört, daß der alte Eberhard ein Gottesleugner war«, hatte die Frau geantwortet. – Ja, das hatte der Pastor auch gehört. – »Wär' ich du«, beharrte die Pastorin auf ihrer Meinung, »ich würde erwirken, daß die Gemeinde beschlösse, die Truhe stehen zu lassen, wie sie steht.« – »Nein, aber Frau«, fiel da der Pfarrer ein, »willst du mich vielleicht glauben machen, daß dieser alte Ekebykavalier imstande sein könnte, auch nur einen einzigen Menschen in seinem Gottesglauben zu erschüttern?«

Das hatte die Pastorin zugegeben. Sie glaubte nicht, daß die Schriften gefährlich seien, aber sie meinte, es sei häßlich, daß sie durch einen christlichen Geistlichen und seine Gemeinde ans Licht gezogen werden sollten. Es läge etwas Anstößiges darin. Er könnte seinen Pfarrkindern doch wenigstens vorschlagen, die Truhe uneröffnet zu lassen.

»Aber es ist eines toten Mannes Wille«, hatte der Pfarrer geantwortet; und als die Frau sah, daß sie sich nicht einigen konnten, hatte sie geschwiegen.

Als ihr nun der Mann sagte, daß ihre Worte ihn so früh am Morgen geweckt hätten, da wurde sie sehr froh und fragte sogleich, ob er zu ihrer Meinung übergegangen sei.

»Das wird davon abhängen, was ich dich jetzt fragen will.« – »Ja, ich werde dir gewiß nicht meine Zustimmung geben, diese Truhe zu öffnen.« – Der Pfarrer lachte. – »Dessen sollst du nicht so gewiß sein«, sagte er.

»Ich erwachte sehr früh«, fuhr der Pfarrer fort, »und rieb sogleich ein Zündhölzchen an. Die Glocke schlug drei, und das erste, was ich dachte, war, daß heute nacht das neunzehnte Jahrhundert zu Ende gegangen ist, und daß wir jetzt neunzehnhundert schreiben. Und dabei mußte ich an den Glockenschlag denken, der die Nacht erfüllte, und an das neugeborne Jahr, das da lag und lauschte. Wie ich so im Halbschlummer lag, sah ich deutlich vor mir, daß das alte Jahr irgendwo im fernen Osten auf einem Scheiterhaufen verbrannt worden war, und das neue Jahr war aus der Asche hervorgekrochen und hatte die Flügel ausgebreitet und war ausgezogen, die Welt in Besitz zu nehmen. Jetzt wiegt es sich wohl in dem Glockenklange der Klöster und Kirchen Palästinas, dachte ich. Es braucht die Flügel gar nicht zu bewegen, dachte ich weiter. Es hält sie nur ausgespannt, und dann kommen die Tonwellen und ergreifen es und wiegen es von einem Land zum andern. Ja, es liegt nur da und wiegt und schaukelt sich. In der Dunkelheit weiß es gar nicht, wohin es kommt. Alles, was es vernimmt, ist Glockenklang, Orgelton und die Schritte derer, die zur Christmette wandern.

Das neue Jahr wird fühlen, daß es über heiliger Erde schwebt, dachte ich. Und ich fühlte mich ganz gerührt, wie ich da lag. Jetzt ist es über die Sankt Peterskirche in Rom gewiegt worden, und dann ist es über die Alpen nach Deutschland hinaufgeflattert. Später am Tage wird es wieder zu uns heraufschweben.

Aber während ich so sann, wurde mir ganz weich zumute, und da kamen deine Worte mir wieder in den Sinn. Wenn also das neue Jahr über Värmland und Svartsjö geschwebt käme, dann sollte es hier einen Priester und seine Gemeinde sehen, die eine Truhe mit Schriften des Unglaubens öffneten. Und es schien mir sehr traurig, daß es so etwas schauen sollte, nach all dem Schönen, das es bisher erlebt hat. In Rom bei den Katholiken hatte es den Papst die heilige Pforte öffnen und das Jubeltor einweihen sehen, und hier oben im Norden sollte es uns den Riegel eröffnen sehen, der Zweifel und Gottesleugnung einschloß. Das neue Jahr wird eine zu schlechte Meinung von uns bekommen«, sagte ich. »Es geht einfach nicht an, diese Truhe zu öffnen.«

»Siehst du wohl! Ich wußte, daß du zu meiner Partei übergehen würdest«, sagte die Pastorin.

»Es hat nicht viel daran gefehlt«, sagte der Pfarrer; »aber gleich darauf stand es mir wieder vor Augen, wie unmöglich es sei, gegen eines toten Mannes Willen zu handeln. Ja, es war unmöglich, – das eine wie das andre: die Truhe zu öffnen wie sie geschlossen zu lassen. Und ich begann mich zu fragen, ob es denn keinen Ausweg gäbe. Wenn man eine Sache nur lange genug überdenkt, pflegt man schließlich doch herauszufinden, was das Rechte ist. Ich lag da und grübelte stundenlang. Ich dachte alles durch, was ich vom Magister Eberhard Berggren wußte, um Klarheit darüber zu gewinnen, was er in diese Truhe gelegt haben mochte.«

»Hast du es also herausgebracht?«

»Ich glaube wohl, daß ich es herausgebracht habe, aber ich will auch deine Meinung hören.«

»Die kennst du schon«, sagte die Frau eigensinnig.

»Das sollst du nicht so bestimmt sagen«, meinte der Pfarrer. »Du solltest zuerst versuchen, dich in die Sache hineinzudenken. Du solltest versuchen, dich in Magister Eberhards Gedanken zu versetzen. Das hab' ich heute morgen getan. Wenn du nun ein alter Mann wärst, sagte ich zu mir selbst, wenn du Magister Eberhard Berggren wärst, ein alter gelehrter Mann, der nicht an Gott glaubte! Ich versuchte mir einzubilden, daß ich mein ganzes Leben am Schreibtisch verbracht hätte, ohne Unterlaß denkend und schreibend. Ich dachte mir, ich hätte Jahr für Jahr in einer Ecke des Kavalierflügels auf Ekeby gesessen, mit Büchern und Papieren rings um mich, – und Leben und Scherz, Sang und Spiel wären durch die

Räume erbraust, aber ich hätte ganz still und stumm hinter einer Mauer von Büchern gesessen und gearbeitet.

Und dann dachte ich mir weiter, daß ich nach vielen, unendlich vielen und langen Jahren endlich mit meiner Arbeit fertig geworden wäre. Und ich hätte ihr alle meine Lebenskräfte geopfert. Ich wäre alt und müde geworden, und in letzter Zeit hätte ich auch angefangen zu kränkeln. Ich hätte zuweilen brennende Schmerzen in der rechten Seite gespürt, in der Gegend der Leber, obgleich ich mir gar nicht die Zeit genommen hätte, mich darum zu bekümmern. Ja, ich hätte wohl gar nicht daran gedacht, was das Werk mich gekostet hätte: ich wäre nur glücklich gewesen, es vollendet zu haben.

Ich wäre auch natürlich ganz überzeugt gewesen, daß alles ganz vollkommen sei, daß nichts fehle. Allen andern Philosophen hätte man irgendeine Lücke im Gedankengang nachgewiesen, aber so etwas könnte mir nicht passieren. Ich hätte meine eigne Philosophie gefunden, und die sei ganz ohne Makel. Sie sei sicher und fest vom Grunde bis zur Turmspitze.

Ja, ich versuchte mich noch weiter in die Sache hineinzudenken«, fuhr der Pfarrer fort. »Wenn ich nun mein Buch fertig hätte, was würde ich damit anfangen? Es wäre ja das allereinfachste, es gleich in die Druckerei zu schicken. Aber wenn ich solch ein alter Mann wäre, würde ich mir die Sache sicherlich überlegen. Ich würde sie mir deshalb überlegen, weil ich sehr wohl wüßte: sobald meine Philosophie bekannt würde, könnte niemand ihr widerstehen. Alle Menschen würden dann auf einmal aufhören, an Gott zu glauben; und die Hoffnung auf ein ewiges Leben würden sie gleichfalls verlieren. Und ich müßte mir doch sagen, daß eine ganze Menge von jenen, die ich gekannt und geliebt, dies als ein großes Unglück empfinden würde. Die Menschen sind schwach, würde ich mir selbst sagen, sie können die Wahrheit nicht ertragen. Und so allmählich würde ich dahin kommen, daß ich den Entschluß faßte, mein Buch zu verwahren und es erst einige Zeit nach meinem Tode an den Tag kommen zu lassen. Wenn ich es bis zum Jahre neunzehnhundert verwahrte, dann müßte wohl ein neues Geschlecht herangewachsen sein, das das Licht der Wahrheit besser ertragen könnte. Ich glaube, es wäre gar nicht unmöglich, daß ich einen solchen Entschluß fassen würde, wenn ich solch ein alter Mann wäre«, sagte der Pfarrer und sah seine Frau an, ihrer Zustimmung gewiß.

»Ach nein«, antwortete sie, »so ganz unmöglich wäre das wohl nicht.«

»Wie ich so in der Dunkelheit dalag, glaubte ich sein Leben ganz zu durchleben«, fuhr der Pfarrer fort. »Wo sollte ich nun fürs erste das Manuskript hinterlegen? In einem der Herrenhöfe könnte ich es nicht aufbewahren. Die sind alle aus Holz; früher oder später könnten sie verbrennen, und dann wäre meine Arbeit verloren. Und wenn ich es in einen Keller legte, dann würde die Feuchtigkeit es ebenso sicher zerstören, wie es nur je das Feuer vermöchte.

Nein, der einzige sichere Aufbewahrungsort, den ich mir denken könnte, wäre wohl eine der Kirchen in Bro oder Svartsjö, die aus Stein erbaut sind. Nun muß ich sagen: Wenn ich ein solcher alter Heide wäre, dann würde ich wohl eine gewisse Abneigung dagegen empfinden, meine Arbeit in einer Kirche aufzubewahren. Aber ich würde mich schon bald mit dem Gedanken trösten: Wenn ich so sicher weiß, daß es keinen Gott gibt, kann ich meine Arbeit schließlich ebensogut in eine Kirche legen, wie in irgendein andres Gebäude.

Ja, den Tag, an dem ich alles fertig hätte, so daß ich meine große Dokumententruhe in den Schlitten legen und mit ihr nach Svartsjö fahren könnte, würde ich sicherlich als einen großen Festtag ansehen. Denn ich glaube, wenn ich ein so alter umsichtiger Mann wäre, würde ich meine Truhe lieber in Svartsjö verwahren als in Bro, weil der Vikar in Svartsjö ein viel nachgiebigerer Mann war als der Propst in Bro: Ja, wahrhaftig, – wäre ich nicht vergnügt an diesem Wintertag, wenn ich bei guter Schlittenbahn mit einem flinken Pferde von Ekeby fortführe? Wenn ich auch in den letzten Tagen jene innerlichen Schmerzen gespürt hätte, so wüßte ich doch ganz genau, daß sie an einem Tage wie diesem ganz wie fortgeblasen wären. Ich würde nur dasitzen und denken, welche Wirkung es haben müßte, wenn mein Buch einmal in die Welt hinauszöge, und wie berühmt mein Name da auf einmal sein würde. Das ganze Jahr neunzehnhundert würden die Menschen von niemand anders sprechen als von Eberhard Berggren.

Aber obgleich ich so stolze Gedanken hätte, während ich so über die Straße kutschierte, würde ich doch einen Wanderer bemerken, der mit dem Ränzel auf dem Rücken und einem großen Bügeleisen in der Hand am Wegesrand ginge. Und ich würde zu mir selbst sagen: Sieh da! Da geht der alte lustige Schneider Lilje! Der arme Teufel muß das Ränzel und das Bügeleisen schleppen. Ich will ihn doch fragen, ob er nicht ein Stück in meinem Schlitten fahren will.

Und nun stelle ich mir dies vor: Wenn Schneider Lilje das Bügeleisen und das Ränzel in den Schlitten gelegt und sich selbst auf die Kufen gestellt hätte, würden er und ich bald ins Gespräch kommen.

Schneider Lilje würde fragen, wohin ich denn mit der schönen Truhe wolle, und ich würde es nicht lassen können, ihm zu erzählen, was darin sei. ›Sieht er, Lilje‹, würde ich wohl sagen, ›diese Truhe enthält das große Buch, das ich geschrieben habe, und jetzt fahre ich damit zur Svartsjöer Kirche und verwahre es dort. Wir wollen die Truhe versperren und versiegeln, der Pfarrer und ich; und niemand darf sie vor dem Jahre neunzehnhundert öffnen.‹

Aber nun würde es mir auffallen, daß Lilje die ganze Zeit still bliebe, und er pflegte doch sonst keine Minute lang schweigen zu können, und dies würde mich so verwundern, daß ich schließlich fragen müßte: ›Was ist denn in ihn gefahren, Lilje, woran denkt er denn?‹ Und siehst du, Frau, wenn Lilje dann antwortete, daß er sich überlege, ob er mich um etwas bitten dürfte, dann würde ich ihm gleich die Erlaubnis geben, frei von der Leber weg zu sprechen.

Wahrscheinlich hätte ich in diesem Augenblick nicht sehr auf Liljes Geschichte aufgepaßt, aber später würde ich mich doch an jedes Wort davon erinnern können. Ich würde mich erinnern, daß Lilje sagte, er habe vor ein paar Tagen einen Landstreicher getroffen, der sterbend am Wegesrande lag. Dieser Mann habe Lilje gebeten, ein kleines Päckchen, das er ihm reichte, in Verwahrung zu nehmen. Er habe ihm aufgetragen, es irgendwo aufzuheben, wo niemand es finden könnte. Er dürfte es nicht vernichten. Und wenn er so alt würde, daß alle, die jetzt lebten, tot wären, dann dürfte er es öffnen, sonst sollte er es einem andern zur Aufbewahrung anvertrauen. Und Lilje habe es nicht übers Herz gebracht, einem Sterbenden seine letzte Bitte abzuschlagen, und habe das Päckchen entgegengenommen.

Nun, wenn mir Lilje all dies erzählt hätte, dann würde ich natürlich gesagt haben: ›Es ist schon gut, Lilje, ich versteh', wo er hinaus will. Er darf das Päckchen hier in meine Truhe legen.‹

Und ich hätte das Pferd angehalten und die Truhe geöffnet, und wir hätten Liljes Päckchen hineingetan. Ich hätte der Sache so wenig Gewicht beigelegt, daß ich es kaum angeschaut hätte. Aber nachher würde ich es wohl oft vor Augen gesehn haben. Es war ein blaues Kuvert ohne Adresse, ohne ein geschriebenes Wort. Es sah aus, als enthielte es Papiere, aber sonst konnte man in keiner Weise erraten, was für Geheimnisse es bergen mochte.

Ja«, sagte der Pfarrer, »heute morgen versetzte ich mich in die ganze Sache hinein und fand es ganz natürlich, daß alles so zugegangen wäre, und stellte mir auch vor, daß ich, nachdem Lilje bei einem Kreuzweg aus dem Schlitten gestiegen wäre, wohl gar nicht weiter an ihn gedacht, sondern nur in Gedanken mein Buch noch ein letztes Mal durchgegangen und gefunden hätte, daß alles darin makellos und vollendet sei, und daß kein Wort geändert zu werden brauchte.

Ja, wenn ich in Eberhard Berggrens Haut gesteckt hätte, wäre ich auch nach der Ankunft in Svartsjö und während die Truhe versperrt und versiegelt wurde, in derselben fröhlichen Laune gewesen. Aber wenn mir dann der Pfarrer in Svartsjö gesagt hätte, dies könne jederzeit wieder rückgängig gemacht werden, falls es mich reuen sollte, dann hätte ich vielleicht etwas heftig geantwortet, weil es mich geärgert hätte, daß er glaubte, ich hätte mir nicht genau überlegt, was ich tat. ›Nein, Bruder, hier kann keine Reue in Frage kommen‹, hätte ich geantwortet. ›Aber eines verspreche ich dir, Bruder: wenn dein Gott mich zwingen will, diese Truhe zu öffnen, dann will ich alles vernichten, was ich gegen ihn geschrieben habe.‹

Und wenn dann der Pfarrer in Svartsjö mich ermahnt hätte, Ihn nicht herauszufordern, der stärker sei als ich, dann hätte ich erwidert, daß ich nur jemand herausforderte, der bloß in der Einbildung der Menschen existierte.

Glaubst du nicht, daß ich ganz so geantwortet hätte, wenn ich der Magister Eberhard gewesen wäre?« fragte der Pfarrer und sah die Frau noch einmal Zustimmung heischend an.

»Ach ja«, antwortete die Frau und nickte, »das glaube ich schon. Du bist ja schon völlig so wie der alte Eberhard.«

»Ja, darum handelt es sich eben«, sagte der Pfarrer. »Man muß ganz eins mit dem Manne sein, den man beurteilen soll. Sonst kann man nicht zur Klarheit kommen.

Und glaubst du nun nicht«, fuhr er fort, »glaubst du, die du mich kennst, nicht, daß ich mich, wenn ich Eberhard Berggren gewesen wäre, in demselben Augenblick, wo ich mich in den Schlitten setzte, um nach Ekeby zurückzufahren, – daß ich mich da nicht tief unglücklich gefühlt hätte? Glaubst du nicht, daß ich eine ganz furchtbare Sehnsucht nach meiner Arbeit empfunden hätte? Obgleich ich mir ja sagen müßte, daß es ein Glück sei, fertig zu sein, daß plötzlich das Alter über mich gekommen wäre, und daß die Krankheit, die ich bis dahin durch meinen Willen hatte unterjochen können, mir jetzt so arg zugesetzt hätte, daß ich mich kaum aufrechtzuerhalten vermochte, bis ich zu Hause anlangte. Nicht wahr, glaubst du nicht auch, daß es so gekommen wäre?«

»Ich kann nicht recht wissen, was ich glauben soll«, sagte die Frau, »aber ich denke schon, daß deine Arbeit dir gefehlt hätte.«

»Ja«, sagte der Pfarrer, »dies alles stellte ich mir heute morgen so vor. Ich wußte, daß ich nicht nur mein Buch vermissen, sondern daß ich auch furchtbar krank werden würde. Das Übel würde mit so furchtbarer Kraft über mich hereinbrechen, weil solch ein alter Mann, wie ich es wäre, jetzt gar nichts mehr hätte, womit er es zurückdrängen könnte, nichts, wofür er leben müßte, und so bliebe mir nichts anderes übrig, als mich hinzulegen und auf den Tod zu warten.

Du wirst wissen, daß es damals hier im Ort keinen Arzt gab; aber irgendeine weise Frau wäre wohl gerufen worden, und sie hätte die Krankheit erkannt und gesagt, es sei Krebs.

Und merkwürdigerweise wäre dies fast als ein Glück angesehen worden; denn damals glaubte man gar nicht, daß diese Krankheit unbedingt zum Tode führen müsse. Es gab nämlich eine alte Familie – Amnérus hieß sie wohl –, und die besaß ein Rezept, das den Krebs heilen konnte. Es wurde als ein großer Schatz betrachtet, streng geheimgehalten und vererbte sich wie ein Majorat in der Familie.

Und nun kannst du dir wohl denken, Frau, wenn ich ein alter kranker Mann wäre, würde ich den ersten Tag benützen, an dem mir so wohl wäre, daß ich in einem Schlitten sitzen könnte, um zu diesen Leuten mit Namen Amnérus zu fahren, die das Rezept besäßen und Heilung für die furchtbaren Qualen hätten.

Nun denke ich mir also, siehst du, Frau, daß ich bei der Familie Amnérus angefahren käme. Sie wohnten tief drinnen im Walde. Es gab keine Felder, keinen Garten, sondern der Wald stand bis dicht ans Haus heran. Und die Menschen dort waren klein und lichtscheu und trugen altväterische Kleider und hatten dünne, piepsende Stimmen.

Ich denke, es würde mir sogleich auffallen, wie erschrokken sie aussähen, da sie mich erblickten. Ich würde zuerst gar nicht begreifen, warum sie davonlaufen zu wollen schienen, wenn ich mein Anliegen vorbrächte. Aber bald würde die Reihe, Angst zu haben, an mir sein. Denn ich würde erfahren, daß der Grund ihres Schreckens der sei, daß sie das Rezept nicht mehr hätten. Ja, was glaubst du, Frau, würde wohl ein armer Kranker fühlen, wenn er hörte, daß dieses Rezept ihnen von einem Knecht gestohlen sei, der in ihrem Dienst gestanden hätte und sich aus irgendeinem Grunde an ihnen rächen wollte? Was würde ein Todkranker, der Linderung und Besserung erwartet hätte, denken, wenn sie die Geheimlade des Sekretärs herauszögen, wo sie das Rezept zu verwahren pflegten, und ihm zeigten, daß sie leer sei. Ja, sie sei leer; sie hätten keine Macht mehr über die Krankheit.

Natürlich würde der Kranke sie fragen, ob sie denn die Mischung nicht so gut kennten, daß sie sie ohne Rezept zu bereiten vermöchten. Aber das wäre nicht der Fall. Niemand von ihnen kennte das Heilmittel; denn die Sache wäre so strenge geheimgehalten worden, daß immer nur eine Person sich hätte damit befassen dürfen. Und die unter den Schwestern, die die Bereitung des Heilmittels gekannt hätte, wäre an dem Tage, bevor es gestohlen worden, gestorben. Der Dieb hätte sich gerade diesen Zeitpunkt ausgewählt, sonst hätte er ja keinen Schaden gestiftet. Aber wo der Dieb sich jetzt befände, das wüßten sie nicht. Es wäre ein versoffener wilder Geselle gewesen, vielleicht wäre er schon bei irgendeiner Schlägerei ums Leben gekommen. Nur eines wüßten sie sicher, daß er das Rezept genommen hätte. Denn ehe er fortgegangen wäre, hätte er den Mägden ein blaues Kuvert gezeigt und sich gerühmt, daß die Herrschaft ihn noch vermissen würde.

Und nun weiß ich ganz gewiß: wenn ich solch ein kranker Mann gewesen wäre, ich würde, wenn ich dies von dem blauen Kuvert gehört hätte, kein Wort weiter gefragt haben, sondern wäre aus dem Zimmer gegangen, hätte mich in den Wagen gesetzt und wäre davongefahren.

Ja, nur davongefahren, Frau, um allein zu sein und die Sache mit mir selbst durchzudenken. Dieses blaue Kuvert, dieses blaue Kuvert, ich würde natürlich sogleich wissen, wo es wäre. Und ich hätte doch erst einige wenige Tage zuvor gesagt: ›Wenn dein Gott mich zwingen kann, diese Truhe zu öffnen, dann – – –‹ Nein, nein, es wäre nicht zugänglich, dieses Rezept, ohne daß meine ganze Lebensarbeit vernichtet würde. Aber in dieser Arbeit lebte Eberhard Berggren in Jugend und Klarheit; was sonst auf Erden von ihm übrig wäre, das sei nur ein abgelebter Greis. In früheren Tagen hätte Eberhard Berggren seine Arbeit höher geschätzt als Freude und Lust und Liebe. Und dann würde ich wohl die Fäuste ballen und denken – – –«

Der Pfarrer trat dicht an seine Frau heran. »Du, die du mich kennst, – was, glaubst du, hätte ich beschlossen, wenn ich solch ein alter Mann wäre? Bedenke, daß ich felsenfest glauben würde, daß mein Buch das beste und weiseste Buch sei, das je geschrieben wurde, und bedenke, daß ich glauben würde, daß das Rezept mich unfehlbar gesund machen könne. Sage, wie glaubst du, daß ich gehandelt hätte?«

»Ich glaube wohl, du hättest dich dafür entschieden, für dein Buch zu sterben«, sagte die Frau.

»Ja«, sagte der Pfarrer, »ich hätte die Fäuste geballt und gedacht, daß ich dieses Rezept ja gar nicht so notwendig brauchte, – ich könnte ja sterben. Und glaubst du auch, daß ich an meinem Vorsatze festgehalten hätte?«

»Ich weiß nicht«, sagte die Pastorin, »ich kenne dich nicht gut genug. Wenn es sich nur um den Tod gehandelt hätte. Aber nun waren da ja auch die Schmerzen.«

»Ich hätte innerlich gekämpft«, sagte der Pfarrer, »und in den ersten Tagen wäre die Krankheit sogar ein wenig zurückgewichen, weil ich den festen Entschluß gefaßt hätte, sie ihr Schlimmstes tun zu lassen. Aber nach ein paar Wochen hätte sie mich mit erneuter Kraft überfallen, und man hätte mir oben im Kavaliersflügel wieder ein Lager gebettet, und da hätte ich einsam gelegen, den ganzen Tag lang, und hätte mit den Schmerzen gekämpft.

Und ich glaube wohl, wenn ich solch ein alter, unerschütterlicher Mann gewesen wäre, dann hätte ich zuweilen ganz gegen meinen Willen die Vorstellung gehabt, daß ich gegen Gott kämpfte. Ich hätte den Gedanken von mir gewiesen. Ich hätte gedacht, daß ich nicht mit jemandem kämpfen könne, der gar nicht da wäre. Es sei doch ein bloßer Zufall, würde ich sagen, daß ich Lilje mit dem Rezepte begegnet sei. Es sei durchaus keine lenkende Vorsehung, die ihn mir geschickt hätte. Es gäbe keine Vorsehung, und so könne sie auch nichts schicken.

Aber einmal ums andre würde mir die Vorstellung kommen, daß ich daläge und mit unserm Herrgotte ränge. Vielleicht würde es mancher als Milde und Gnade betrachten, daß du mich wissen ließest, wo das gestohlene Rezept zu finden sei. Der Dieb hätte es ja ebensogut vernichten können. Du willst wohl, daß ich es als eine sonderliche Gnade ansehe, daß es in Liljes Hände kam. Aber ich wünsche, es wäre vernichtet worden. Ich sehe es nicht als eine Gnade an, daß ich weiß, wo es zu finden ist. Ich betrachte es – Ja, und dann würde ich mich wieder erinnern, daß ich in meinem Buch doch ganz unwiderleglich bewiesen hätte, daß es keinen Gott gebe, und würde den Zwist abbrechen.

Ich denke, es muß eine große Versuchung, eine furchtbare Versuchung für den alten kranken Magister Eberhard gewesen sein: nur ein Wort an den Pfarrer in Svartsjö, und er hätte das Heilmittel in seiner Hand! Glaubst du nicht, daß er um dieser Versuchung willen die Qualen noch tausendmal verschärft empfand? Es handelte sich um einen furchtbaren Preis; aber wer wirklich krank ist, fragt wohl nach nichts anderm als nach der Gesundheit.

Doch immerhin – wenn ich an seiner Stelle gewesen wäre, ich hätte versucht, auszuharren; hätte versucht, Gott und den Menschen zu zeigen, was Manneskraft vermag.

Aber am schlimmsten wäre es an dem Tage gewesen, an dem Schneider Lilje auf den Hof gekommen wäre. Da wären die Qualen so furchtbar gewesen, daß ich in jeder Stunde meinen Tod erwartete. Und da wäre mir wohl der Gedanke gekommen, daß ich jemand sagen müßte, was in diesem blauen Kuvert sei. Denn plötzlich hätte mich der Gedanke beängstigt, daß ich ein großes Unrecht gegen meine Mitmenschen beginge, wenn ich nicht sagte, wo dieses unschätzbare Heilmittel zu finden sei. Ich könnte es ja so einrichten, daß es erst nach meinem Tode hervorgenommen würde. Dann hätte nicht ich die Truhe geöffnet, dann könnte ja meine Arbeit unberührt liegenbleiben.

Ich würde mir wohl denken, daß es am sichersten wäre, das Geheimnis niederzuschreiben, und niemanden vor meinem Tode von dieser Schrift Kenntnis erlangen zu lassen. Aber siehst du, Frau, es wäre wohl für einen Todkranken, dem die geringste Bewegung Qualen verursacht, nicht so leicht, die Feder zu führen.

Und schließlich hätte ich wohl Lilje hereingerufen und ihm das Geheimnis anvertraut und ihm befohlen, das gestohlene Kuvert den Eigentümern zurückzugeben. Aber zu gleicher Zeit hätte ich ihm streng verboten, es vor meinem Tode aus der Truhe zu nehmen. Erst wenn ich in den Kirchhof gebettet wäre, dürfte er zu dem Pfarrer in Svartsjö gehen und mit ihm sprechen.

Du kannst sicher sein, sobald ich mit Lilje gesprochen hätte, würde es mich wieder gereut haben. Man könnte sich doch auf einen solchen Kerl nicht verlassen. Es wäre klar, ich hätte jemandem sagen müssen, wo das Rezept zu finden sei. Aber ich hätte es niederschreiben sollen. Ich hätte niemanden vor meinem Tode darum wissen lassen dürfen.

Und bei alledem hätte ich mit der stummen geheimen Hoffnung dagelegen, daß Lilje mir ungehorsam sein könnte.

Ein paar Tage später würde ich etwas Eignes, Geheimnisvolles an der Frau bemerken können, die mich pflegte. Ich würde sehen, daß sie eine ganz besonders frohe und feierliche Miene machte, wenn sie mit einem warmen Trunke zu mir hereinkäme. Ich würde erschrecken, und ich würde mir selbst zuflüstern: Hüte dich, trinke nicht! Es kostet dich die Arbeit deines ganzen Lebens!

Aber trotzdem, siehst du, Frau, würde ich wohl den Kopf vorstrecken und trinken; und mit jedem Tropfen, der über meine Lippen käme, würde ich Linderung fühlen. Ich würde das Glas von mir schieben wollen, wenn es halb geleert wäre, aber ich würde es nicht können. Und wenn ich es geleert hätte, würde ich mich auf einmal ganz gesund fühlen und vor Freude weinen.

Nun will ich dir sagen, wie es mir weiter ergangen wäre, wenn ich der alte Eberhard gewesen wäre. Am nächsten Tage wären die Schmerzen wiedergekommen, und da hätte ich wieder von diesem Trank getrunken. Da hätten die Schmerzen aufgehört und wären in kleinen Zwischenräumen wieder zum Leben erwacht, aber am dritten Tage wären sie ganz verschwunden gewesen. Und ich würde sehr wohl wissen, was für einen Trank man mir gegeben hätte, ich würde begreifen, daß ich eine Niederlage erlitten hätte, aber ich wäre allzu glücklich, um weiter danach zu fragen.

Dann würde ich wieder umhergehen und mich ganz gesund fühlen. Aber ich würde mich wohl hüten, jemand zu fragen, woher der Trank gekommen wäre, der mich geheilt hätte. Und ich glaube ganz gewiß nicht, daß mir jemand sagen würde, daß man die Truhe eröffnet und das Rezept herausgenommen hätte. Niemand würde es sagen, aber ich würde es doch wissen. Ich würde nach Svartsjö fahren und mir die Truhe ansehen, und sie würde versperrt und versiegelt in der Kirche stehen, aber ich würde doch wissen, daß sie eröffnet worden wäre. Und dann – – –«

»Würdest du dich dann für verpflichtet halten, dein Buch zu vernichten?« fragte die Pastorsfrau.

»Ich glaube wohl, daß ich versuchen würde, Schlupfwinkel und Ausflüchte zu finden, aber ich würde nicht leugnen können, daß ich, wenn ich ein Ehrenmann sein wollte, mein Buch vernichten müßte.«

»Und würdest du es auch tun?«

»Ja, was glaubst du? Bedenke jetzt auch recht, was dieses Buch für mich bedeuten würde! Wäre es vernichtet, so wäre auch mein Name und mein Ruhm vernichtet.«

Die Pastorin sah mit einem warmen Blick zu ihrem Mann auf.

»Ja, du hast es vernichtet«, sagte sie, »du hast es vernichtet!«

»Ich danke dir«, sagte der Pastor.

Eine Weile ging er schweigend weiter.

»Nun aber: Was denkst du jetzt von der Truhe?« fragte die Frau.

»Ich denke, daß es nicht gefährlich sein kann, sie zu öffnen. Du hast meine Frage jetzt so beantwortet, wie ich es wünschte.«

»Du und Magister Eberhard, ihr seid nicht eine und dieselbe Person«, sagte die Frau.

»Liebes Kind«, sagte der Pfarrer. »Wir wissen ja, daß der alte Eberhard alles, was ich jetzt erzählt habe, durchgemacht hat, und daß man die Truhe öffnen mußte, um das Rezept herauszunehmen, das ihn heilte. Aber wir dürfen nicht glauben, daß Magister Eberhard ein schlechterer Mann gewesen sei als irgendeiner von uns. Es ist, seit ich nun die Sache durchdacht habe, mein fester Glaube, daß er in aller Heimlichkeit die Schrift aus der Truhe genommen hat, und daß das große Buch des Unglaubens längst, längst vernichtet ist.«

»Aber die Truhe steht doch noch mit allen ihren Siegeln da.«

»Ja, siehst du«, sagte der Pastor lächelnd, »allzuviel darfst du von einem alten Philosophen nicht verlangen. Du kannst nicht von ihm verlangen, daß er alle Menschen wissen lasse, daß er gezwungen war, nachzugeben. Ich glaube wohl, es war das Natürlichste, daß er die Truhe auf alle Fälle stehen ließ, wie sie stand. Er konnte es wohl nicht ertragen, daß alle Bekannten zu ihm kämen und sagten, jetzt müsse er wohl bekehrt sein und an Gott glauben.«

Die Frau grübelte ein wenig nach, und dann sagte sie: »Ja, das werden wir jetzt bald sehen, denn nun willst du sicherlich die Truhe öffnen.«

»Ja, jetzt öffne ich sie mit frohem Mut«, sagte der Pastor.

Und wenn das junge Jahr so um die Mittagszeit des Neujahrstags neunzehnhundert in den Wolken über der Svartsjöer Kirche geschwebt hätte, da hätte es den Pfarrer und die angesehensten Männer des Kirchspiels um eine schöne alte Mosaiktruhe versammelt gesehen. Und als sie feierlich eröffnet wurde, da enthielt sie ein paar Pakete: alte Gerichtsverhandlungen und Zeitungen.

Aber von gottesleugnerischer, himmelstürmender Philosophie – nicht eine Zeile.